Les Cinq
et le portrait volé

Les Cinq
et le portrait volé

*Une nouvelle aventure des personnages créés
par Enid Blyton racontée par Claude Voilier.*

Illustrations
Frédéric Rébéna

hachette
JEUNESSE

Claude

11 ans.
Leur cousine. Avec son fidèle chien
Dagobert, elle est de toutes
les aventures.
En vrai garçon manqué,
elle est imbattable dans tous
les sports et elle ne pleure
jamais... ou presque !

François

12 ans
L'aîné des enfants,
le plus raisonnable aussi.
Grâce à son redoutable sens
de l'orientation, il peut explorer
n'importe quel souterrain sans jamais se perdre !

Mick

11 ans comme Claude.
C'est un casse-cou (un gourmand aussi !)
qui n'hésite jamais avant de se lancer
dans les plus périlleuses aventures...

Annie

10 ans
La plus jeune, un peu gaffeuse,
un peu froussarde !
Mais elle finit toujours par
participer aux enquêtes,
même quand il faut affronter
de dangereux malfaiteurs...

Dagobert

Sans lui, le Club des Cinq ne serait rien !
C'est un compagnon hors pair, qui peut monter
la garde et effrayer les bandits.
Mais surtout c'est le plus attachant des chiens...

Une nouvelle aventure des personnages créés
par Enid Blyton racontée par Claude Voilier.

Illustrations : Frédéric Rébéna.

© Hachette Livre, 1978, 1994, 2013 pour la présente édition.
Ce livre a déjà paru en 1978 et 1994 sous le titre : *Du neuf pour les Cinq*.
Le texte de la présente édition a été revu par l'éditeur.
Tous droits de traduction, de reproduction et d'adaptation réservés pour tous pays.

Hachette Livre, 43, quai de Grenelle, 75015 Paris.

Un inconnu bavard

— Voilà notre train ! annonce Mick.

Sur le quai de la gare de Saint-Sylve, petite ville située à une centaine de kilomètres de Kernach où ils passent leurs vacances au bord de la mer, Claude et ses cousins attendent le train régional qui doit les ramener chez eux.

Tous quatre, accompagnés de Dagobert, viennent de vivre une agréable journée chez un de leurs camarades, en fêtant joyeusement son treizième anniversaire. Cette réunion de jeunes a été une réussite. Après un copieux goûter, chaque invité a fourni un échantillon de ses talents personnels au cours d'un spectacle improvisé. Un garçon s'est taillé un franc succès avec des tours de passe-passe, et deux filles en chantant un air pop.

François, Mick, Annie et Claude comptent parmi les plus applaudis : François jongle avec habileté et Annie se débrouille très bien à l'harmonica. Claude et Mick, eux, ont présenté un remarquable numéro de lasso.

Le lasso est en effet la dernière marotte des deux cousins !

Le train entre en gare pour s'immobiliser le long du quai. Les Cinq grimpent dans la voiture la plus proche où Claude, avec sa vivacité coutumière, entreprend l'inspection rapide des différents compartiments.

— Par ici ! crie-t-elle à ses cousins. Celui-ci est presque vide !

De fait, il n'y a là qu'un unique voyageur : un jeune homme de dix-huit ou dix-neuf ans qui, dans un coin, parcourt un magazine.

François, qui n'oublie jamais de se montrer courtois, lui demande poliment :

— J'espère que la présence du chien ne vous dérange pas ?

Le garçon sourit. Il a un visage ouvert, aux traits fins, d'épais cheveux blonds et des dents parfaites. Cependant, en dépit de son sourire, ses yeux conservent une expression rêveuse, presque triste.

— Non, répond-il. J'aime beaucoup les chiens. Celui-ci est superbe !

Ce n'est pas absolument la vérité, mais Claude est flattée du compliment. Dag, comme s'il devinait la sympathie du voyageur, s'approche de lui. Le garçon caresse la tête hirsute.

— Brave toutou ! murmure-t-il.

Puis il se replonge dans sa lecture… Les quatre cousins s'installent et se mettent à bavarder. Claude et Mick, tout fiers du succès remporté par leur numéro de lasso, ne peuvent s'empêcher de revenir sur le sujet.

— Tu as vu la tête de Bernard quand il s'est mis à courir dans le jardin en te défiant de l'attraper ?

— Je pense bien ! Il en est resté comme deux ronds de flan ! Et toi, quand tu as exécuté des figures avec ta corde qui sifflait et dansait dans l'air ! Les copains n'avaient jamais vu ça qu'à la télé !

— J'avais pioché dans mon livre *Le Lasso artistique* !

— Et nous étions bien entraînés !

Annie sourit à son frère et à sa cousine.

— Vous êtes de vrais champions !

— Oh ! Ce n'est rien encore ! assure Mick. Tu verras, à la fin des vacances, nous serons devenus des as !

— Et les professionnels vous enverront, enchaîne ironiquement François que les vantardises des deux compères amusent.

Claude rougit un peu. Avec sa fougue habituelle, elle répond :

— Oh ! Nous ne sommes pas très forts encore, mais, avec de la persévérance, cela viendra. Lancer le lasso est un sport tellement passionnant !

Le jeune voyageur, dans son coin, ne peut manquer d'entendre ce qui se dit auprès de lui. Un léger sourire flotte sur ses lèvres. Dagobert, décidément en sympathie avec lui, vient poser sa tête sur ses genoux et le regarde comme pour mendier une caresse. Le garçon le flatte de la main.

Claude s'en aperçoit et appelle le chien.

— Dag, viens ici ! Tu ennuies ce monsieur !

L'inconnu sourit plus largement.

— Je ne suis pas un « monsieur » mais un garçon comme toi… un peu plus âgé seulement ! Et, je te le répète, j'adore les chiens. Celui-ci l'a bien senti.

Claude sourit à son tour. Avec ses cheveux bruns, courts et bouclés, elle ressemble beaucoup à Mick. De plus, elle porte un jean. Ce n'est pas la première fois qu'on la prend pour un garçon.

— Mon chien s'appelle Dagobert ! Dag ou Dago pour les amis ! Moi, je suis Claude Dorsel. Et voici mes cousins François, Mick et Annie Gauthier.

— Enchanté, jeunes gens !

— Et je ne suis pas un garçon, achève Claude. D'autres que vous s'y sont déjà trompés…

— Et s'y tromperont encore, ajoute l'inconnu, surtout si tu deviens un as du lasso, ce sport étant plus masculin que féminin… Je me présente à vous tous : Pascal Dricourt !

— Dricourt ! répète Claude. Ce nom me dit quelque chose.

— Il est assez courant dans la région. Mon grand-père, Edmond Dricourt, possédait une grande villa à Kernach. Il est mort récemment et je me rends là-bas pour prendre possession de cette maison dont j'ai hérité.

— Chic ! s'écrie Mick. Nous allons devenir voisins.

— Les parents de Claude habitent Kernach, explique François. C'est là que nous passons tous nos vacances.

— Vous ne demeurez pas à Kernach en temps ordinaire ? demande Annie.

— Non. Jusqu'ici, je vivais au Canada, à Montréal… Mais mon histoire n'est pas tellement drôle et…

— J'adore les histoires, même tristes ! s'exclame impulsivement Claude. Allez-y ! On vous écoute !

— Claude ! Ne sois pas indiscrète ! dit François.

— Oh ! assure Pascal. Il n'y a là aucune indiscrétion. Au fond, cela me fait plutôt plaisir de parler de grand-père !

— Alors… ? murmure Mick, d'un ton encourageant.

Pascal se lève pour fermer la porte du couloir. Il semble vouloir s'isoler avec ses nouveaux amis. Puis, ayant repris sa place, il commence à raconter son histoire. On devine en lui le besoin de se confier.

— Mon père était français et ma mère canadienne, commence-t-il. Je suis né à Montréal où j'ai toujours vécu. Une ou deux fois seulement, au cours de mon enfance, je suis venu passer des vacances à Kernach, près de grand-père. Voici un an, j'ai perdu mes parents dans un accident de voiture. Grand-père a spécialement fait le voyage pour assister à leurs obsèques et me réconforter. Il voulait que je rentre tout de suite en France avec lui… Comme je n'avais pas fini mes études secondaires, j'insistai pour rester encore un an à Montréal, qui était mon cadre familier et où des cousins de ma mère

12

acceptaient de m'héberger. Il fut convenu que, l'année suivante, je rallierais définitivement la France pour retrouver mon aïeul.

— Vous deviez vivre à Kernach avec lui ? s'enquiert Annie.

— Théoriquement, oui. Mais en fait, après avoir passé mes vacances à ses côtés, je serais allé à Paris commencer mes études de médecine.

— Si je comprends bien, dit François, ces projets n'ont pas abouti ? Votre grand-père est mort entre-temps.

— Hélas, oui ! Il y a juste deux mois ! soupire Pascal. Le sort a voulu qu'il disparût à l'instant même où je me disposais à le rejoindre !

Le jeune Canadien fait une pause. Les enfants devinent que la partie la plus intéressante de son histoire va suivre. Pascal reprend :

— Avant de tomber malade, grand-père fit un testament qui m'instituait son légataire universel. Sa dernière lettre, écrite d'une main tremblante, précisait : « Je suis très riche… bien plus que tes parents ne l'ont jamais supposé. Puisque tu souhaites devenir médecin, ma fortune te permettra d'embrasser la carrière qui te plaît dans les conditions les meilleures. Plus tard, tu t'installeras à ta convenance, etc. » Pour commencer, grand-père me léguait sa propriété de Kernach, *La Folie…*

13

— Je la connais, coupe Claude. Elle n'est pas très éloignée des *Mouettes*, la villa de mes parents. Nous passons parfois devant quand nous nous baladons à vélo.

— Je compte y séjourner tout l'été. Cela me donnera le temps de me familiariser avec la région. Il y a si longtemps que je n'y suis venu que je l'ai oubliée.

Il sourit à ses nouveaux amis et ajoute :

— En somme, il me faudra la redécouvrir. Peut-être m'y aiderez-vous ?

— Avec joie ! assure Claude.

Les quatre cousins devinent que le jeune Canadien, si tôt privé de famille et, de plus, transplanté dans un pays qu'il connaît mal, doit se sentir seul. Il a besoin de camaraderie, de chaleur humaine… Les enfants, qui ont bon cœur et trouvent Pascal sympathique, sont tout disposés à lui offrir leur amitié. Dag lui-même n'est-il pas allé spontanément vers lui ?

Les cinq voyageurs se mettent à bavarder. Bientôt, se tutoyant fraternellement, ils achèvent de faire connaissance… Soudain, leur conversation est interrompue par un arrêt brutal du train. Le choc, terrible, s'accompagne d'un bruit également effroyable. Le convoi vient de dérailler !

chapitre 2

Le déraillement

Annie, projetée sur le sol, est vivement relevée par François et Pascal. Claude et Mick, agrippés à la portière, voient le paysage vaciller devant eux. Des compartiments voisins s'élèvent des cris d'effroi, aussi perçants et aigus que le sifflet de la locomotive.

Dag, effrayé, aboie de toutes ses forces.

— Attention ! crie Pascal. Cramponnez-vous !

On dirait qu'il a deviné ce qui se produit soudain : la voiture a un soubresaut et, doucement, comme dans un film au ralenti, se couche sur le flanc. Sans doute les deux autres wagons, entre lesquels elle est prise, freinent-ils sa chute.

15

— Ooooohhhh ! exhalent en chœur les enfants.

— Cramponnez-vous ! répète Pascal.

— Ouah ! fait Dag.

La voiture achève de se renverser dans un bruit de vitres brisées.

D'instinct, ses occupants se sont accrochés aux porte-bagages, aux montants de la porte du couloir, bref, à tout ce qui semble offrir un point d'appui quelconque.

Claude, qui conserve son sang-froid même au cœur des situations les plus critiques, a agrippé d'une main le rebord du filet à valises situé au-dessus d'elle cependant que, de l'autre, elle attrape Dag et le serre contre elle.

Par bonheur, à l'exception des deux valises de Pascal, les porte-bagages ne supportent rien de lourd et les valises, en tombant, ne blessent personne.

À présent, le convoi est complètement immobilisé. Une poussière épaisse monte du sol, pénètre dans les voitures sinistrées et fait tousser les voyageurs. Les cris redoublent d'intensité. Les Cinq ont l'impression de vivre un cauchemar.

François, dont la poussière brouille la vue, est le premier à lâcher son appui. Il peut se

16

mettre debout. Mais ses pieds, au lieu de toucher le plancher, désormais à la verticale, de la voiture, reposent sur le sol herbeux d'un talus… à travers la portière aux vitres brisées.

Ses compagnons de voyage, assis ou allongés parmi les débris de bois et de verre, se redressent à leur tour.

— Annie ! Claude ! Mick ! Vous n'avez rien ?… Et toi, Pascal ?

Chacun se palpe, presque étonné d'être encore en vie.

— Non ! dit enfin Annie. Je n'ai rien… Je suis seulement meurtrie.

— C'est comme moi ! annonce Claude. Je n'ai que des contusions. Demain, je serai sans doute truffée de bleus !

Mick, lui, a au front une coupure sans gravité, Pascal une égratignure à la main et Pascal un poignet légèrement foulé. Tous s'en tirent à bon compte.

Mick frotte ses yeux irrités par la poussière.

— Je crains, dit-il, que tous les voyageurs n'aient pas été aussi chanceux que nous ! Écoutez ces cris ! Il doit y avoir pas mal de victimes.

— Il faut essayer de porter secours aux blessés ! décide aussitôt Claude. Et pour commencer, sortons d'ici !

17

— Je me demande ce qui a pu provoquer un pareil déraillement ! grommelle Mick.

— Peut-être une erreur d'aiguillage ! émet Pascal. S'il s'était agi d'un tamponnement, le choc aurait été mille fois plus rude.

— Encore heureux que le train n'ait pas roulé à grande vitesse ! fait remarquer François.

Claude, en fille pratique, cherche déjà un moyen de quitter le compartiment sinistré. Ce n'est pas aussi facile qu'on pourrait le croire. En effet, la voiture s'étant couchée sur le flanc, la portière au sol devient de ce fait inutilisable. Quant à l'autre, celle du côté du couloir, encore faut-il l'atteindre !

Certes, toutes les portières « côté couloir » ont leurs vitres brisées et offrent une issue facile. Mais, comme elles occupent à présent la place du plafond, il n'est guère aisé de se hisser jusqu'à elles.

Heureusement, les jeunes voyageurs sont agiles. En faisant la courte échelle et en s'aidant de tous les appuis à leur portée, ils finissent par se retrouver groupés sur la paroi extérieure de la voiture. Seul, Dago a donné quelque mal à ses compagnons. Il a fallu le hisser au bout du lasso de Claude.

À présent, réunis sur le flanc – devenu toit – de la voiture renversée, les rescapés peuvent voir d'autres wagons pareillement couchés.

— Le plus pressé, murmure Mick, c'est de descendre de là !

Claude et Mick songent à utiliser leurs lassos. Le jeune garçon attache solidement le sien à un montant, entre deux vitres brisées : François, Annie, Claude, Mick et Dago se retrouvent à terre en un temps record.

Un rapide coup d'œil permet aux quatre cousins de constater que la panique règne autour d'eux... Certes, beaucoup de gens ont conservé leur sang-froid. Mais la plupart, affolés, blessés ou craignant pour ceux qui les accompagnent, se lamentent, crient, courent, gesticulent. Bref, la confusion est inimaginable.

Levant la tête, François interpelle le jeune Canadien.

— Alors, Pascal ! Tu nous rejoins ?

Mais Pascal, qui se trouve toujours sur le « toit » de la voiture, se contente de s'accroupir et de détacher le lasso de Mick.

— Inutile d'abandonner cette bonne corde ! répond-il en souriant. Tenez ! Attrapez !

19

Il renvoie le lasso et s'apprête à sauter en expliquant :

— La hauteur n'est pas grande et je sais me recevoir sur mes pieds !

Hélas ! La malchance veut que, juste au moment où le jeune Dricourt atterrit, son pied droit heurte un caillou du ballast. Il tombe lourdement, en porte à faux, pousse un cri de douleur et, pâle comme un mort, demeure immobile sur le sol, les yeux clos.

Annie se précipite vers lui.

— Pascal ! Pascal ! Qu'est-ce qui t'arrive ?

Il ne répond pas. Claude, à son tour, se penche sur lui et, le secouant légèrement par l'épaule :

— Pascal ! Eh ! Pascal ! Reviens à toi !… Tu t'es fait mal ?

Pascal ouvre les yeux.

Sa bouche esquisse une grimace qui veut être un sourire.

— Oui… Je crois… que je me suis cassé… la jambe !

En fait, ainsi que doit le révéler un peu plus tard le diagnostic médical confirmé par des radios, il s'est bel et bien brisé la cheville. Les enfants, consternés, voient celle-ci enfler et bleuir à vue d'œil.

20

— Ce n'est peut-être qu'une foulure ! avance Annie, pleine d'espoir.

Tandis que ses nouveaux amis retirent avec mille précautions sa chaussure et retroussent son pantalon, le jeune Canadien ne peut s'empêcher de crier de douleur.

— Il faut que l'on te soigne sans tarder ! déclare Mick avec force. Je suppose que l'alerte a déjà été donnée. Les secours ne vont pas tarder à s'organiser !

chapitre 3

Blessé !

Le soleil, encore chaud en cette fin d'après-midi, tape avec assez de force pour rendre pénible le voisinage de la tôle brûlante du wagon.

Avant toute chose, les quatre cousins transportent, en prenant des soins extrêmes, leur compagnon blessé à l'ombre d'un buisson. Puis, un peu désemparés, ils regardent autour d'eux tandis que Dag, après avoir léché la joue de Pascal, s'installe près de lui, comme pour le veiller.

Des gens continuent à courir çà et là. Certains longent la voie, lançant des ordres ou donnant des conseils. D'autres, visiblement apeurés, semblent ne plus savoir ce qu'ils font.

Un employé de la S.N.C.F., reconnaissable à son uniforme bleu, s'arrête près des enfants.

— Tout va bien, les gosses ? demande-t-il rondement… Ah !… Vous avez un blessé ? Eh bien, patientez un peu ! La gare voisine a été alertée. Des ambulances vont arriver… En attendant, si vous voulez me donner un coup de main…

Tandis qu'Annie et Dag restent en faction auprès de Pascal, François, Mick et Claude se dépensent sans compter, aidant à évacuer à l'ombre des enfants contusionnés ou effrayés, à récupérer les bagages restés dans les voitures les plus accessibles, bref se rendant utiles de multiples manières.

Les secours, heureusement, sont prompts à arriver sur les lieux. Ce sont d'abord les voitures particulières de sauveteurs bénévoles. Grâce à elles, les Cinq et Pascal se retrouvent rapidement à la gare voisine où un médecin de la localité s'affaire à dispenser les premiers soins aux blessés.

Le chef de gare, homme d'initiative et de sang-froid, lance un appel à toutes les familles susceptibles de venir récupérer « leurs voyageurs » sur place. Pour les autres, des cars seront mis à disposition sous peu. Claude

24

demande la permission de téléphoner à ses parents. C'est sa mère qui décroche.

— Nous sommes sains et saufs, maman ! Ne te tracasse pas ! dit Claude très vite. Mais papa pourrait-il venir nous chercher ?

— Il est déjà en route ! annonce Mme Dorsel. La nouvelle du déraillement s'est répandue comme une traînée de poudre, et j'étais morte d'inquiétude. Ton coup de fil me rassure, merci ! J'aurais aimé accompagner ton père, mais il ne l'a pas voulu, craignant le pire. Patientez un peu. Il sera près de vous dans un instant…

En effet, peu après, M. Dorsel arrive… Le savant flegmatique et sévère qu'il est d'habitude a fait place à un homme bouleversé et pâle d'angoisse. C'est avec un soupir de soulagement qu'il serre dans ses bras sa fille et ses neveux indemnes.

— Nous avons avec nous un ami blessé ! déclare Claude. C'est le petit-fils de M. Dricourt, qui habitait La *Folie* !

— Nous avons fait sa connaissance pendant le voyage, explique Mick. C'est un garçon sympa, tu sais, oncle Henri !

M. Dorsel suit sa fille et ses neveux dans la salle d'attente où des matelas ont été disposés à la hâte pour recevoir les blessés. Pascal,

25

très pâle, gît, immobile, sur l'un d'eux. Le médecin, penché sur lui, achève d'examiner sa cheville. Le blessé se mord les lèvres pour ne pas crier.

— Vous êtes un parent de ce jeune homme ? questionne le docteur en se redressant.

— Non, répond M. Dorsel, mais j'ai connu son grand-père.

— Pascal est canadien, ajoute vivement Annie. Il n'a pas un seul parent en France.

— Papa ! s'écrie Claude. Il faut que nous le prenions en charge !

Un sourire éclaire le visage grave de M. Dorsel.

— Qu'est-ce que ce garçon a au juste ? demande-t-il au médecin.

— Une fracture de la cheville droite. Dès que les ambulances seront là, nous le dirigerons sur un hôpital.

Tandis que le praticien s'éloigne pour s'occuper d'autres blessés, le père de Claude se tourne vers Pascal. Après s'être présenté, il interroge :

— Cela vous dirait-il d'être soigné à la clinique de Kernach ? C'est un établissement tout récent, dirigé par un de mes amis. Claude et ses cousins vous y rendraient visite

26

tous les jours. Et je me charge de votre admission. Alors, qu'en pensez-vous ?

Pascal réussit à sourire.

— J'accepte volontiers, monsieur. Et je vous remercie… Vous dites avoir connu mon grand-père… ?

— Oui. Edmond Dricourt s'intéressait à mes travaux. Nous abordions rarement des sujets personnels, mais il m'a néanmoins parlé de vous… Ah ! Voici les ambulances !

Le lendemain, Pascal, sa cheville dûment plâtrée, est en train d'achever son petit déjeuner quand les Cinq (moins un car Dag a dû rester dehors !) font irruption dans sa chambre. Celle-ci, comme toutes celles de la *Clinique des Fleurs,* est claire, gaie et pimpante. Située au rez-de-chaussée, elle donne sur un jardin fleuri.

— Bonjour, Pascal ! s'écrie Annie qui apporte un bouquet de roses au blessé. J'espère que tu as bien dormi ?

— Et que tu souffres moins ! ajoute Mick.

Tandis qu'Annie dispose ses roses dans un vase, François et Claude saluent à leur tour leur nouvel ami. Claude lui donne des tartelettes confectionnées par Maria, la cuisinière des Dorsel.

— Régale-toi, mon vieux ! Il ne faut pas te laisser abattre !

— Ouah ! fait Dag, approbateur.

Les cinq compagnons, surpris, regardent du côté de la fenêtre ouverte. Dag est bien là, ses pattes de devant posées sur le rebord de la fenêtre. À ses yeux pétillants de malice, on devine qu'il est tout fier d'avoir contourné le règlement de la clinique. Puisqu'on ne l'admet pas à l'intérieur, eh bien, il se présente côté jardin !

Cinq éclats de rire applaudissent sa victoire.

— Pas vrai qu'il est intelligent, mon chien ? s'écrie Claude. Et tu sais, Pascal, quand nous nous amusons à débrouiller une énigme, policière ou autre, il participe activement à nos recherches et nous aide souvent à trouver la solution.

— Diable ! fait Pascal en riant. Je ne savais pas que mes nouveaux amis étaient détectives !

Mick se charge de mettre le jeune Dricourt au courant des activités des Cinq. Pascal paraît surpris d'apprendre que de si jeunes limiers ont déjà, à plusieurs reprises, obtenu de si bons résultats. Mais il les croit sur parole.

— Mick t'a présenté les faits sans trop de modestie, déclare François quand son frère a terminé. Mais il est vrai que la chance nous sourit souvent. Et si un jour tu as un problème… tout à ta disposition, mon vieux ! En attendant, tiens, lis ça ! Je t'ai apporté les journaux du matin. Tu as les honneurs de la presse…

— Moi ? s'exclame Pascal, étonné.

— Oui… Enfin, ton nom figure sur la liste des blessés dans l'article qui relate le déraillement d'hier !

Pascal feuillette distraitement les pages imprimées. Son esprit semble être ailleurs.

— Écoutez ! dit-il brusquement. Je crois que c'est le destin qui vous a mis sur ma route. Non seulement vous m'avez été sympathiques tout de suite mais… je vous ai déjà raconté ma vie ou presque. Or, d'habitude, je suis plutôt réservé…

Il s'interrompt, l'air pensif. Claude devine qu'il est au bord de nouvelles confidences. Un mystérieux sixième sens – ce fameux sixième sens dont on parle souvent – l'avertit que cela pourrait bien concerner un de ces problèmes dont les Cinq sont friands.

— Oui ? reprend-elle d'un ton encourageant.

— Eh bien…, reprend Pascal… puisque j'ai eu confiance en vous hier, je peux bien

29

vous en dire un peu plus long aujourd'hui…
surtout si vous aimez débrouiller les énigmes,
comme vous venez de me l'apprendre.

Quatre paires d'yeux brillants d'intérêt se
fixent sur lui.

— Ouah ! aboie Dag à la fenêtre. Ouah !
Ouah !

Pascal sourit.

— Puisque Dag est d'accord lui aussi, je
vais tout vous raconter… Vous allez savoir
mon grand secret… dont je n'ai encore souf-
flé mot à personne… Approchez-vous !… Je
ne veux pas parler fort… Quelqu'un pourrait m'entendre… Écoutez…

chapitre 4

Les deux portraits

— Après les obsèques de grand-père aux-
quelles, sur sa demande, je n'assistai pas, je
reçus de son notaire une enveloppe scellée,
accompagnée d'un court message. Ce billet,
signé de la main de mon aïeul, disait à peu
près ceci : « Cette enveloppe contient l'essentiel d'une fortune ignorée de tous. Fais bon
usage de ces richesses. Tu auras assez pour installer plus tard un laboratoire de recherches
médicales ou une clinique, à ton choix. »

Le jeune Canadien fait une pause. Les
quatre cousins, dévorés de curiosité, ne le
quittent pas des yeux, Pascal enchaîne :

— En lisant ce billet, je songeais que
les richesses en question devaient être

considérables. Grand-père était un homme prudent, qui n'avait confiance qu'en des placements sûrs : pierres précieuses et or. Je supposais donc que l'enveloppe contenait une clé de coffre-fort. Eh bien, il n'en était rien. À l'intérieur, je trouvai seulement ceci...

Tout en parlant, Pascal a sorti de sous son oreiller un élégant portefeuille en cuir bleu. Il l'ouvre en expliquant :

— Je porte toujours l'enveloppe sur moi... par précaution !

Du portefeuille, il tire une enveloppe jaune vif, en papier toilé, dont le cachet de cire a été brisé.

— Tenez ! Voyez vous-mêmes ! dit-il.

Claude prend l'enveloppe tendue et en sort une épaisse feuille de papier, pliée en quatre, qu'elle ouvre puis considère avec stupeur... Elle a sous les yeux un dessin à la plume, exécuté avec plusieurs encres de couleur et représentant un seigneur en habit de cour...

François, Mick et Annie s'exclament à tour de rôle :

— Un portrait ! s'écrie Annie.

— Qu'est-ce que cela signifie ? demande François.

— Ce dessin ne semble pas valoir cher ! fait remarquer Mick.

Pascal fournit quelques précisions qui ne font qu'ajouter au mystère.

— Il s'agit de la reproduction, à l'encre et très réduite, d'une peinture accrochée dans la chambre de mon grand-père. Lui-même m'a expliqué autrefois, en me le montrant, que ce portrait était celui d'un de nos ancêtres, courtisan à la cour de Louis XIV : le marquis Dricourt de Saint-Joie.

— Le portrait a peut-être de la valeur, déclare Mick, mais certainement pas ce morceau de papier !

— Qui sait ! soupire Pascal. Je me pose des questions… Je sais que la toile elle-même ne vaut pas grand-chose. Par ailleurs, grand-père a toujours eu le goût des énigmes et des choses secrètes. C'était un original. Je ne serais pas étonné si ce dessin avait une signification cachée !

— Ouah ! opine Dag qui semble suivre la conversation.

— Tu as sans doute raison, Pascal, affirme Claude. Je pense moi aussi qu'il y a un mystère là-dessous !

L'arrivée d'une infirmière interrompt l'entretien. Les enfants s'éclipsent…

Pascal se doute bien que ses amis reviendront le voir dans la soirée. Il ne se trompe pas.

— Tu sais, mon vieux ! annonce François tout de go, nous avons longuement réfléchi à ton problème. À notre avis, ton dessin ne peut être qu'une « clé ». Peut-être bien celle d'un coffre-fort, comme tu le supposais avant d'ouvrir l'enveloppe.

— Une clé en image ! précise Mick.

— À propos de clé, dit Pascal en fouillant dans son portefeuille, je vais vous confier celles de *La Folie.* Allez donc faire un tour là-bas ! La chambre de grand-père se trouve au premier ! Vous pourrez y voir le portrait du marquis. Je ne sais pas si cela vous apprendra quelque chose, mais c'est possible, après tout.

— Dommage que tu ne puisses pas venir avec nous !

— À qui le dis-tu ! réplique Pascal avec une grimace. Cette maudite patte me cloue au lit au mauvais moment !

— Dépêche-toi de guérir ! recommande Claude. En attendant, puisque tu nous as chargés de mission, sois sûr que nous prendrons soin de tes intérêts. Pas vrai, Dago ?

— Ouah ! fait Dag, jusque-là invisible.

Et, à l'ahurissement de Pascal, la grosse tête hirsute du chien jaillit d'un énorme panier que Mick et sa cousine trimbalent avec eux.

— Tu comprends, explique Claude avec sérieux, les Cinq ont horreur d'être séparés !

Quand les jeunes détectives rentrent aux *Mouettes,* ce soir-là, ils sont très excités à l'idée d'avoir une nouvelle énigme à débrouiller. Après dîner, alors que le soleil achève de se coucher dans une féerie d'or et de pourpre, Claude et ses cousins se réunissent au fond du jardin.

— Demain matin, décident-ils, nous irons visiter *La Folie* ! Qui sait si nous n'y trouverons pas un indice !

La propriété léguée par Edmond Dricourt à Pascal se compose d'une très jolie villa, d'aspect cossu, qu'entoure un jardin autrefois entretenu avec amour. Malheureusement, depuis deux mois que M. Dricourt est mort, les herbes folles en prennent à leur aise avec les allées et les massifs de fleurs. Pascal devra sans tarder recourir aux bons offices d'un jardinier.

Les Cinq franchissent la grille, remontent une allée sablée et gravissent les marches d'un perron de marbre blanc. Une clé de sûreté leur permet d'ouvrir la grande porte.

À la clarté d'une lampe de poche, Mick repère le compteur électrique et allume la lumière. Alors, les quatre cousins font le tour des différentes pièces et ouvrent les volets : le soleil entre à flots.

— Maintenant, au travail ! dit Claude. Pendant que le rez-de-chaussée s'aère, allons rendre visite au marquis de Saint-Joie. C'est au premier !

Avant de monter, toutefois, les Cinq passent rapidement l'inspection de la salle à manger, du salon, du bureau et de la bibliothèque où, partout, ils notent la présence d'objets rares et précieux. La bibliothèque, notamment, contient deux vitrines où se trouvent exposés des bijoux anciens et des drageoirs en or. Edmond Dricourt, de toute évidence, a été un amateur d'art éclairé.

Au premier, les enfants n'ont aucun mal à repérer la chambre personnelle de l'ancien maître du logis. Juste en face du lit, le portrait du marquis, suspendu au mur, sourit dans un cadre doré.

— Bonjour, gentil seigneur ! lance plaisamment Annie en esquissant une révérence.

— Au lieu de sourire bêtement, dit à son tour Mick au portrait, tu ferais mieux de nous indiquer quel secret tu caches.

Les jeunes détectives font alors la chose qui leur vient en premier à l'esprit : ils décrochent le tableau pour voir s'il ne dissimule pas l'emplacement d'une cachette. Mais, derrière la toile, le mur est sans mystère : il ne sonne même pas creux ! Mick et Annie se regardent, dépités.

François et Claude, suivis de Dag qui flaire à ras du sol, furète déjà dans les moindres recoins de la chambre.

— Que cherchez-vous ? demande Mick, surpris.

— Un coffre-fort, bien sûr ! répond sa cousine. Nous n'en avons vu aucun en bas. Et je n'en vois pas davantage ici. Bizarre !

— Il est étonnant qu'un homme comme M. Dricourt n'ait pas eu un coffre à portée de la main ! renchérit François. Il aurait pu y enfermer ses trésors les plus précieux.

— C'est vrai ! reconnaît Mick. Pascal nous a précisé que le coffre loué à la banque par son grand-père ne contenait que des valeurs papier ! Or, notre ami prétend que son aïeul s'intéressait aux pierres précieuses et aux monnaies d'or.

— En tout cas, pas plus de coffre-fort que d'or à la banque ! résume Claude.

Puis, revenant au portrait devant lequel elle se plante :

— Il faut peut-être en conclure que le marquis est mieux renseigné que nous. Seulement, voilà ! Va-t-il nous livrer ce qu'il sait ?

— Regardons cette toile de plus près ! propose Mick.

Cet examen, hélas ! se révèle vain. Le tableau n'offre apparemment aucune anomalie et le cadre est en bois plein. Dag, qui vient le flairer, respire de la poussière et éternue :

— Ouah ! fait-il, dégoûté.

— Chou blanc ! traduit Claude en raccrochant la toile. Il va falloir chercher dans une autre direction !

Néanmoins, une fois le portrait raccroché, elle reste à le contempler, sourcils froncés. Puis elle s'avance, l'examine de nouveau, recule, s'approche encore, penche la tête... Ses cousins l'observent sans piper, ne voulant pas la troubler. Ils se doutent bien qu'elle a une idée en tête.

— Bizarre ! prononce enfin Claude, d'un air absorbé.

— Qu'est-ce qui est bizarre ? demande Annie.

— La tête de ce brave homme… ou plutôt sa longue perruque bouclée.

— Qu'est-ce qu'elle a, sa perruque ? s'enquiert François en écarquillant les yeux, mais sans rien voir d'anormal.

— Elle n'est pas tout à fait comme sur le dessin que nous a montré Pascal. Vous savez que j'ai une bonne mémoire visuelle…

— Dis plutôt, corrige Mick, que la perruque du dessin diffère de celle de la toile.

Claude sursaute et regarde son cousin.

— Bravo, Mick ! En effet, ta remarque est très juste. C'est la perruque du dessin qui n'est pas conforme à son modèle.

— Ce qui signifie ? questionne François qui ne voit pas bien où sa cousine souhaite en venir.

— Ce qui veut dire qu'il existe une différence entre la copie et l'original, et que cette différence pourrait bien nous donner la clé de l'énigme qui nous préoccupe.

— Comment savoir… ? commence Annie.

— En comparant les deux portraits, tiens !… Il faut vite aller demander à Pascal de nous confier son fameux dessin !

chapitre 5

Une perruque bien emmêlée

Au cours de leur visite de l'après-midi à Pascal, les jeunes détectives font à leur ami le rapport détaillé de leur enquête à *La Folie*. Le blessé se montre prodigieusement intéressé par les constatations et les déductions de Claude.

— Tu es sûre que les deux portraits diffèrent ? demande-t-il.

— Oui et j'ai hâte de le vérifier sur place. Mais pour cela, il faudrait que tu acceptes de nous confier le papier. Tu peux être certain que nous en prendrons soin !

Pascal hésite à peine. Il commence à bien connaître les Cinq et a de plus en plus confiance en eux.

— Tenez ! dit-il en prenant l'enveloppe jaune dans son portefeuille. Voici le dessin !

D'un même élan, les quatre cousins se penchent sur le feuillet déployé. Tout d'abord, ils ne voient pas grand-chose, puis ils remarquent que l'abondante chevelure du marquis est curieusement hachurée par endroits. François s'écrie :

— Claude a raison ! Cette perruque est bizarre !

— On dirait, déclare Annie, qu'elle est faite de petits morceaux de fil de fer. Elle paraît raide et presque hirsute.

— Exact ! constate Pascal à son tour. Cela vient de ce que le dessinateur l'a tracée à coups de menues lignes droites. On ne voit ici aucune courbe, même pas dans les ondulations…

— Attendez ! s'exclame Mick en fouillant dans ses poches, véritable bric-à-brac. J'ai ma loupe ! Nous allons examiner ça de près !

Claude, dans son impatience à vérifier sa théorie, arrache presque la loupe à Mick pour la coller à son œil… Un long moment, elle étudie le fouillis des hachures composant la chevelure du marquis. Soudain, elle pousse un cri de triomphe :

— Hourra ! Je crois avoir trouvé ! Regardez !... Regardez !... On distingue des lettres et des chiffres minuscules qui semblent courir le long des mèches et se fondent dans les reflets de la perruque !

La loupe passe de main en main. Claude ne s'est pas trompée. Chacun, en s'appliquant, peut en effet apercevoir des caractères finement tracés, dissimulés avec habileté parmi les traits de plume.

— C'est un message ! comprend Mick, transporté de joie. Voilà donc le secret du marquis ! Il n'y a même pas besoin de retourner à *La Folie* pour comparer la reproduction et le modèle !

— Mais comment déchiffrer ce message ? questionne Annie.

— Il semble diablement embrouillé ! fait remarquer François.

— Peu importe ! s'écrie Pascal, rayonnant. Ah ! Mes amis ! Comme j'ai eu raison de me confier à vous ! Vous avez déjà accompli un travail magnifique. Je ne doute pas que vous arriviez à déchiffrer ce message posthume de mon grand-père !

François a repris la loupe et étudie de près les caractères.

— Il semble qu'il y ait là un fil conducteur ! annonce-t-il. Les chiffres et les lettres se succèdent toutes les deux mèches. La chevelure est brune dans l'ensemble, mais avec des reflets châtains, roux et même légèrement violacés. Il se peut qu'à chaque changement de couleur corresponde une phrase.

— Ce dessin est bien petit pour qu'on y voie clair ! dit Annie.

— En effet, reconnaît Claude. Mais rien ne s'oppose à ce que nous en fassions un agrandissement et que nous le décalquions ensuite en plusieurs exemplaires, en respectant bien entendu les couleurs, pour le cas où elles auraient une importance, comme le suggère François.

— Emportez ce dessin et agissez comme vous l'entendrez ! conseille Pascal. Je m'en remets entièrement à vous !

— Mick est le dessinateur de la bande, explique François en souriant. Nous allons lui confier le travail.

— J'ai le papier et les crayons qu'il faut à la maison ! assure Claude. Vite, ne perdons pas de temps !

Et, se tournant vers Pascal :

— Ce soir même nous te rapporterons ton dessin, Pascal. Et nous aurons chacun notre calque ! À tout à l'heure !

44

Le lendemain, le brillant soleil de la veille a fait place à une pluie fine et régulière qui semble ne devoir jamais cesser.

— Tant mieux ! déclare François avec bonne humeur. Cela nous permettra de nous pencher sur le message chiffré sans trop regretter notre baignade quotidienne et nos vélos !

Tandis que Dag profite des circonstances pour s'accorder un supplément de sommeil, les quatre cousins s'installent autour d'une table, dans la chambre des garçons. Chacun étale devant lui une série de calques du dessin prêté par Pascal, soit un jeu de cinq par enfant. En effet, Mick a eu l'idée de relever d'abord le dessin initial dans son ensemble, puis uniquement le détail de la perruque, en dissociant les cheveux noirs, les châtains, les roux et les mauves.

À présent, penchés sur leurs calques, Claude et ses cousins étudient les signes mystérieux. Quand ils croient déchiffrer un mot, ils le notent sur un papier blanc, à côté d'eux.

À force de s'acharner à assembler chiffres et lettres et de confronter les résultats obtenus, les jeunes détectives finissent par reconstituer un texte qui, à première vue, ne semble guère avoir de sens.

Le déchiffrement de la zone noire de la perruque donne :

BRR 2 TE 4 CHANT I FORT 3

Celui de la zone châtain :

SCIE 2 HAINE 3 TERNE 5 SIX 4 AN I

Celui de la zone rousse :

NE 6 PIS I TE 4 ERRE 2 TOUR 5 DROIT 3 STOP 342

Et enfin celui de la zone mauve :

CEUX I JASPE 5 DEUX 4 AIR 6 FIER 3 MAIS 2

— Ça n'a ni queue ni tête ! soupire Annie, déçue.

— Je crois au contraire, dit vivement Claude, que ce message doit être assez facile à décoder !

Se penchant sur son papier, elle explique :

— Chaque zone de couleur doit contenir une phrase, comme tu l'as supposé au départ, François ! Et les chiffres doivent indiquer l'ordre des mots dans la phrase.

— Mais, objecte Mick, 342 ne peut indiquer que le mot STOP est le trois cent quarante-deuxième de la phrase rousse ! Elle n'en compte que sept !

— Essayons tout de même avec les autres ! décide Claude.

Les phrases ainsi reconstituées donnent :
CHANT BRRR FORT TE
AN SCIE HAINE SIX TERNE
PIS ERRE DROIT TE TOUR NE
STOP 342
CEUX MAIS FIER DEUX JASPE AIR

Tous les contemplent en silence un moment, puis Mick et Claude s'écrient en chœur :

— J'ai trouvé !

— Quoi donc ? demande Annie.

— C'est enfantin, affirme Claude en écrivant au fur et à mesure sur un papier. Il faut lire, en rectifiant l'orthographe : « Chambre forte. Ancienne citerne. Pierre droite tourne. Stop 342. Se méfier de… JASPE AIR ! »

Elle mordille son crayon et hoche la tête.

— Le stop est sans doute là pour marquer une séparation entre la phrase et le nombre 342. Mais ce nombre même nous pose un point d'interrogation. Bah ! nous verrons plus tard !

— L'essentiel, fait remarquer François tout joyeux, est de savoir qu'il existe bien un solide coffre-fort, que nous trouverons au fond d'une citerne, en faisant tourner une pierre, si j'ai bien compris !

47

— Le trésor est sans doute à *La Folie* !
avance Annie.

— Doucement ! bougonne Mick. La fin
du message est obscure. Il faut se méfier de
qui ou de quoi, au juste ?

— Je sèche sur les mots JASPE et AIR !
avoue Claude.

— Je parie qu'ils correspondent au prénom de Jasper ! dit François… Un prénom
fort peu usité mais qui nous aidera peut-être
à situer le faux-jeton contre lequel Edmond
Dricourt nous met en garde !

Déjà, Claude est debout.

— Allons vite trouver Pascal ! Il pourra
peut-être éclairer notre lanterne ! Il va être
rudement content de savoir que nous tenons
la clé du mystère !

Dag, alerté par le bruit des chaises que les
enfants repoussent, ouvre les yeux et bondit
sur ses pattes en remuant la queue. Il devine
que cette agitation prélude à un prochain
branle-bas de combat ! Et le brave chien est
prêt à l'action !…

Quand les quatre cousins le mettent au
courant des résultats obtenus, Pascal laisse
éclater sa joie. Il danserait sur place si sa
cheville le lui permettait ! Dans la chambre

48

du blessé, l'allégresse générale bat son plein quand l'infirmière vient faire les gros yeux aux visiteurs. Dag, que l'on a amené dans son panier, n'a que le temps de disparaître sous le lit.

— Si vous n'arrêtez pas ce bruit, dit la surveillante, je défends les visites à l'avenir !

Les enfants s'excusent. Puis, une fois l'infirmière partie, ils reviennent – plus silencieusement – à leur problème.

— Nous ne nous expliquons pas ce 342 et Jasper ! dit Claude.

— Le nombre n'évoque rien pour moi, déclare Pascal dont le visage s'assombrit soudain, mais je sais qui est Jasper. Oh ! J'enrage d'être cloué ici. Dès que je serai sur pied, je participerai à vos recherches si vous n'avez rien trouvé d'ici là ! Quant à Jasper…

— Qui est-ce ? demande Claude, voyant qu'il hésite.

— Oh ! Rien qu'un mauvais sujet. Il me déplaît de parler de lui car, en fait, il est apparenté à ma famille… Un lointain cousin par alliance… Grand-père m'a raconté qu'il l'avait hébergé autrefois, dans une période difficile, mais que Jasper, loin de lui en être reconnaissant, avait cherché à le voler. Indigné, grand-père l'avait alors chassé sans

49

ménagement. Depuis, il se méfiait de lui autant que de voleurs ordinaires !

— À quoi ressemble ce Jasper ? interroge Annie.

— À l'époque – j'étais tout enfant – il était petit, maigre et très brun. Peut-être a-t-il grossi et grisonné depuis…

— En tout cas, il n'a pas grandi ! fait remarquer Mick en riant. Un petit homme, peut-être resté sec, c'est toujours un indice !

— Souhaitons qu'il ne se manifeste pas, ce qui nous évitera la peine de l'identifier ! Mais n'oublions pas qu'il savait à quoi s'en tenir sur la fortune de grand-père.

— Bah ! dit Claude. Même s'il se doute qu'un trésor est caché à *La Folie*, comment ferait-il pour se l'approprier ? M. Dricourt ne lui a pas envoyé un portrait du marquis, je suppose ?

— Non, bien sûr ! admet Pascal en riant. Mais dites-moi, jeunes gens ! Quand allez-vous vous mettre en chasse ?

Claude hoche la tête d'un air de regret.

— Pas avant demain, répond-elle. Aujourd'hui, nous ne pourrons pas. Papa doit se rendre à une réunion scientifique à Paris et maman l'accompagne. Maria prendra soin de nous pendant les quelques jours que durera leur absence. En attendant, notre après-midi est pris par un tas de courses. Impossible d'y couper !

— Tant pis ! soupire Pascal. Bonne chance donc pour demain !

— Comme la clinique est sur le chemin de *La Folie*, nous passerons te dire un petit bonjour en allant là-bas ! promet François.

— Avec plaisir. À demain, les Cinq !

chapitre 6

Les mains vides

Claude et ses cousins n'ont garde de manquer à leur promesse. Le lendemain matin, en route pour *La Folie*, ils s'arrêtent à la clinique. Après avoir laissé leurs vélos – et Dag – dans la cour d'honneur, ils se rendent tout droit à la chambre de Pascal.

— Salut, vieux ! lance joyeusement Mick depuis le seuil.

Mais tous freinent leur élan en voyant la mine consternée du jeune Canadien.

— Holà ! s'écrie François. Ta cheville va plus mal ?

— Mieux, au contraire, je te remercie. Mais j'ai de mauvaises nouvelles à vous apprendre. Cette nuit, on m'a volé !

Claude questionne avec intérêt :

— Que s'est-il passé ? Que t'a-t-on pris ?

— Eh bien, cette chambre est au rez-de-chaussée et vous savez que je garde toujours ma fenêtre ouverte… Quelqu'un en a profité pour s'introduire ici pendant mon sommeil… On a dû fouiller sous mon traversin car ce matin l'infirmière a retrouvé mon portefeuille à terre. Mes papiers y étaient toujours, mais l'enveloppe jaune avait disparu.

— Quel malheur ! se désole Mick. Tu penses que ton cambrioleur est Jasper, n'est-ce pas ? Le voilà maintenant aussi bien renseigné que nous.

— Pas sûr ! dit Claude. Il n'a ni les calques ni le texte en clair, ce qui nous donne une fameuse avance sur lui.

— Et il n'est pas prouvé qu'il décode le message ! souligne Annie.

Pascal paraît un peu rasséréné.

— Comment diable Jasper a-t-il su où me trouver ? murmure-t-il.

— Peut-être, avance Claude, rôdait-il dans la région depuis la mort de ton grand-père. Par ailleurs, ton nom figurait dans la presse, le lendemain du déraillement, sur la liste des accidentés.

— Et tout le monde sait, ajoute Annie, que la plupart des victimes sont soignées à Kernach, soit à l'hôpital, soit à la clinique.

Pascal est ému. Plus il réfléchit, plus il se persuade que son cambrioleur est bien Jasper. En effet, le portrait est la seule chose qui ait disparu après la fouille de ses affaires. Or, Jasper connaît l'originalité et le goût du mystère d'Edmond Dricourt. Lui seul peut se douter de l'intérêt qu'offre le portrait du marquis de Saint-Joie.

— En réalité, reprend le jeune Canadien à ses amis, je pense qu'il est venu ici uniquement pour me dérober les clés de la villa. Heureusement que c'est vous qui les aviez ! Mais il est tombé sur le dessin et il est parti avec. Il va se dépêcher d'aller fouiner à *La Folie.* Il faut l'en empêcher. Il n'y a pas de temps à perdre !

— Si mon oncle n'était pas absent, répond François d'un air de regret, nous l'aurions averti et il serait venu avec nous. Veux-tu que nous prévenions les gendarmes ?

— Penses-tu ! Pour commencer, il faudrait leur livrer mon secret et je n'y tiens pas. Ensuite, ce serait gaspiller un temps précieux. Enfin, peut-être refuseraient-ils de prendre nos craintes au sérieux et ne voudraient-ils pas se déranger.

— Tu as raison ! s'écrie Mick. Nous filons là-bas tout de suite !

— Et nous chasserons Jasper s'il est déjà sur place ! affirme Annie de sa petite voix douce.

Pascal comprend brusquement qu'à cause de lui ses amis courent peut-être un réel danger. Il rougit, un peu honteux de n'avoir pensé jusqu'ici qu'à son seul intérêt.

— Tout compte fait, dit-il, je préfère que vous n'alliez pas à *La Folie*. Vous n'êtes que des enfants et, si Jasper est décidé à s'approprier le trésor, il est bien capable de vous faire un mauvais parti. Cela, je ne le veux pas !

— Tu plaisantes ! s'écrie Mick. À nous cinq, nous valons bien deux adultes !

— Dag à lui seul en vaut bien un entier ! proclame Claude d'un air fier. S'il doit y avoir bagarre, il ne restera pas les deux pieds dans le même sabot, je t'assure !

L'image naïvement évoquée par Claude est si cocasse que Pascal éclate de rire. François, Mick et Annie lui font écho. Claude elle-même, d'abord interloquée, pouffe à son tour. François est le premier à reprendre son sérieux.

— Chut ! fait-il. Nous allons nous attirer les foudres de l'infirmière… Allons, Pascal, rassure-toi ! Tu as tort de te faire du souci pour nous. Je ne pense pas que Jasper se risquera à *La Folie* avant d'avoir déchiffré le message de ton grand-père. D'ici là, il s'agit de repérer nous-mêmes le trésor et de le mettre à l'abri.

Pascal finit par se laisser convaincre et donne carte blanche aux enfants, non sans leur recommander le maximum de prudence.

— S'il vous arrivait le moindre pépin, je me le reprocherais toute ma vie !

— Avant d'entrer, nous nous assurerons que la villa est vide ! promet Annie en souriant.

— Et Dag montera la garde tandis que nous fouillerons la citerne ! ajoute Claude. À bientôt, Pascal !

En un clin d'œil, les quatre cousins se retrouvent en selle et se mettent à pédaler avec ardeur sur la route de *La Folie*. Dag, toujours content de se dégourdir les pattes, court à côté du vélo de Claude…

Les enfants constatent que la grille de la villa est fermée à clé, exactement comme ils l'ont laissée lors de leur première visite… Dag ouvre la marche, la queue frétillante. Il n'avancerait pas ainsi, assure Claude, s'il flairait une présence étrangère quelconque.

La serrure de la porte d'entrée est intacte, comme celle du portail.

57

Après s'être rapidement assurés que nul ne se trouve dans les lieux, les Cinq ressortent de la maison.

— Il s'agit maintenant, dit Mick, de commencer par dénicher la citerne au trésor !

Comme les jeunes détectives n'ont aperçu aucune citerne, neuve ou ancienne, dans la maison, on peut penser que celle signalée par le message d'outre-tombe est dans le jardin… Ce jardin – assez vaste pour se donner des allures de parc – entoure la villa sur quatre côtés. Chacun des enfants se charge d'explorer l'un des qu atre secteurs.

C'est relativement vite fait…

— Pas de citerne à l'horizon ! constate Claude la première.

— Je n'ai rien trouvé, qu'une serre ! annonce Annie.

Les garçons n'ont pas eu plus de chance.

— Nom d'un pétard ! s'exclame Mick. Une citerne, c'est tout de même plus gros qu'un confetti ! On devrait la voir à l'œil nu !

— Peut-être sur le toit…, émet François.

Mais la maison, de construction assez récente, possède un toit tout à fait ordinaire. Déçus, les enfants se regardent.

— La cave ? suggère Annie.

Les Cinq dégringolent l'escalier quatre à quatre et explorent en détail la cave où, précédemment, ils n'ont fait qu'un rapide tour d'inspection. Là non plus, il n'y a pas trace de citerne.

— Rentrons déjeuner ! propose finalement François. Peut-être s'agit-il d'une citerne très petite, dissimulée dans un coin du parc. Cet après-midi, nous passerons toute la propriété au peigne fin !

C'est ainsi fait. Après un excellent repas servi par Maria, Claude et ses cousins, suivis de Dag, reprennent le chemin de *La Folie*.

Tous espèrent bien ne pas retourner vers Pascal les mains vides. Coûte que coûte, ils doivent découvrir le trésor… et avant Jasper, bien sûr !

— Recommençons à fouiller le parc ! conseille François. Mais cette fois-ci avec autant de minutie que si nous cherchions un caillou parmi les galets de la plage.

— Une citerne, même de taille modeste, ne se cache pas dans une touffe d'herbe ! grommelle Mick.

— Il faut bien qu'elle soit quelque part !

Au lieu de quadriller le jardin et d'en explorer chacun une portion, comme dans la matinée, les enfants cherchent ensemble.

— Comme cela, précise Claude, les uns pourront voir ce qui aura échappé aux autres !

L'inspection du jardin de devant ne donne aucun résultat. Les jeunes détectives passent alors à celle de la serre. L'enclos, long et bas, est entièrement vitré et équipé de châssis mobiles. Les quatre cousins sont en train de fureter dans un coin où s'entassent d'énormes pots vides, une brouette et différents outils, quand, soudain, Dag qui flaire de côté et d'autre se fige devant l'une des portes de la serre et gronde sourdement.

Claude lève la tête.

— Chut ! fait-elle. Dag a entendu quelque chose…

Le chien lance un aboiement de colère et se jette contre la porte. Au même instant, à travers la vitre dépolie, les jeunes détectives entrevoient une ombre fugitive qui disparaît aussitôt, comme par enchantement.

— Il y avait quelqu'un ! murmure Annie.

— On nous espionnait, c'est sûr ! répond Mick.

Claude s'élance déjà vers la porte. Elle l'ouvre… Dag se rue au-dehors en aboyant comme un furieux.

chapitre 7

La mystérieuse cachette

Quand les enfants rejoignent Dagobert, le chien, dressé contre le mur séparant le jardin de celui de la villa voisine, aboie, la tête tournée vers le haut, et semblant indiquer que l'intrus est passé par là.

— Si l'indiscret qui nous observait a sauté par-dessus ce mur, dit Mick, il est drôlement leste !

François fronce les sourcils.

— Pourquoi quelqu'un se serait-il amusé à nous espionner sinon parce qu'il espérait nous voir découvrir quelque chose à sa place… quelque chose qu'il aurait déjà cherché en vain ?

— Le trésor ? lance Annie. Tu crois donc qu'il s'agit de Jasper ?

— Probable ! répond François. Raison de plus pour nous hâter de repérer cette citerne. Où donc peut-elle être ?

Les quatre cousins et Dag, acharnés à atteindre leur but, poursuivent leurs recherches avec une sorte de frénésie. Inutilement, hélas ! En désespoir de cause, ils raclent le sol çà et là, aux endroits susceptibles de dissimuler la plaque d'une citerne. Ils s'arrêtent enfin, épuisés.

Leur échec est total !

C'est tête basse que les jeunes détectives reprennent le chemin de la clinique. Ils trouvent un Pascal passablement agité, qui les attend avec impatience.

— Vous n'avez rien trouvé, n'est-ce pas ? est sa première question.

— Hélas, non ! avoue Claude en secouant la tête. Et ce n'est pas faute d'avoir cherché, crois-moi !

— C'est ma faute à moi ! déclare le jeune Canadien de façon tout à fait inattendue.

Les quatre cousins le regardent avec surprise.

— Parfaitement ! affirme Pascal. Après votre départ, j'ai fouillé dans ma mémoire et je me suis rappelé n'avoir jamais vu de citerne dans le parc. Mon grand-père faisait donc peut être allusion à celle qui se trouve au sommet d'une vieille tour, vestige d'une construction ancienne, dans le petit bois derrière la villa actuelle.

— Ça, alors ! s'écrie Mick. Nous avons bien remarqué ce petit bois qui fait suite au potager, tout au fond du parc. Mais nous ne savions même pas qu'il faisait partie de la propriété !

— Demain, assure François, nous retournerons là-bas et c'est bien le diable si nous ne mettons pas enfin la main sur ton héritage !

Annie ouvre déjà la bouche pour parler de l'ombre suspecte que les enfants ont entrevue, mais Claude, devinant son intention, lui fait les gros yeux pour l'inciter à se taire. Mieux vaut ne pas tracasser inutilement le blessé !

Là-dessus, les jeunes détectives souhaitent bonne nuit à Pascal et rentrent aux *Mouettes* où Maria, inquiète de leur retard, les gronde un peu tout en les régalant d'un dîner qui les console de leurs déboires. Après quoi, tout le monde va se coucher. Dag lui-même tombe de sommeil.

Le lendemain, Claude et ses cousins se lèvent de si bonne heure que Maria ouvre des yeux immenses.

— Ma parole ! Vous êtes tombés du lit ! s'écrie-t-elle avec un brin de malice.

Tous dévorent comme des ogres. Ils sentent qu'un copieux petit déjeuner leur est nécessaire avant d'entreprendre de nouvelles recherches à *La Folie*. Dès leur arrivée à la villa, ils se précipitent vers le petit bois où ils ont vite fait de repérer la vieille tour signalée par Pascal.

— Flûte ! murmure Claude. Elle a l'air plutôt branlante. J'espère qu'elle ne s'écroulera pas pendant que nous grimperons !

Mais l'escalier intérieur semble solide. Par précaution, François, qui se sent responsable de la petite troupe, monte le premier, essayant chaque marche avant de s'y risquer. Enfin, les cinq émergent au sommet de la tour.

— La citerne est bien là ! constate Mick, tout joyeux.

Avec curiosité il contemple une petite construction de forme carrée, en pierre de taille et béton, à ciel ouvert. Le couvercle primitif a disparu, comme le réservoir intérieur, sans doute depuis longtemps rongé par la rouille.

— Chambre forte. Ancienne citerne ! récite tout haut Annie. Si cette citerne sert

64

de coffre-fort à la fortune du vieux monsieur, reste à savoir comment accéder au trésor !

— Rappelle-toi la suite du message, dit Mick. « Pierre droite tourne. »

— D'accord. Mais je ne vois aucune pierre droite, moi !

— Droite ne doit pas signifier debout mais à droite ! déclare Claude.

Quand on arrive de l'escalier, on débouche juste devant la citerne dont les pierres s'alignent pour ainsi dire sous le nez des visiteurs.

— Il s'agit peut-être d'une des pierres de cette section ! suggère François en avançant d'un pas. Essayons toujours !

Le jeune garçon place sa main bien à plat contre la pierre située le plus à droite et presse fortement. Sous la pesée, la pierre s'enfonce lentement. On entend un déclic. Puis une partie du côté de la citerne tourne d'un seul bloc, révélant un enfoncement au fond duquel luisent les trois boutons d'un petit coffre-fort métallique.

— Hourra ! s'exclame Claude. J'avais bien remarqué que les parois de la citerne étaient anormalement épaisses. C'était pour dissimuler cette cachette !

Plantés devant le coffre-fort, les quatre cousins se demandent maintenant comment l'ouvrir…

— Stop. 342 ! récite de nouveau Annie.

— Mais bien sûr ! C'est cela, la solution ! s'écrie Claude.

Et, comme ses cousins la regardent, étonnés, elle explique :

— Regardez ce coffre ! Il comporte trois boutons. Pour l'ouvrir, il faut connaître la combinaison chiffrée qui commande son mécanisme. Eh bien, les trois chiffres qu'il nous faut sont certainement ceux inclus dans le message : 3, 4 et 2 !

Tout en parlant, elle a allongé le bras et s'affaire sur les boutons. Elle fait tourner celui de gauche de trois crans, celui du milieu de quatre et celui de droite de deux ! Puis elle tire à elle la petite porte qui, sans l'aide d'aucune clé, s'ouvre sur-le-champ.

Le cœur battant, les enfants tendent le cou… Le soleil matinal, comme pour les aider, glisse un de ses rayons à l'intérieur du coffre. Alors, c'est un éblouissement. La tablette supérieure du coffre supporte un plateau chargé de diamants. La seconde est occupée par un autre plateau d'émeraudes. Enfin, tout le bas du coffre est bourré de lingots d'or.

Aveuglée par tant de splendeur, Claude avance la main et prend un diamant. La pierre jette mille feux. Annie pousse des cris d'admiration.

— On dirait un petit feu d'artifice !

Mick se penche pour saisir un lingot.

— J'aimerais, dit-il, me faire construire une maison avec des briques comme celle-là !

Tenant toujours le diamant, Claude s'empare du lingot pour l'examiner de près. Au même instant, Dag, dont l'attention a été momentanément distraite par une souris qui trottine dans un coin, cesse brusquement de poursuivre la bestiole et dresse les oreilles, prêt à donner de la voix.

Trop tard ! Cet instant d'inattention a permis à un homme de surgir en silence au haut de l'escalier.

Surpris par cette apparition, les quatre cousins s'immobilisent. L'homme s'arrête lui aussi, les yeux fixés sur le coffre ouvert.

chapitre 8

Toujours de l'audace !

Au premier coup d'œil, les jeunes détectives savent que le nouveau venu est Jasper ! Il est à peu près de la taille de François, sec comme un coup de trique, avec des cheveux qui ont dû être très noirs mais auxquels se mêlent çà et là des mèches grisonnantes. Le regard perçant de ses yeux de jais, sous des sourcils noirs en broussaille, lui donne un air vaguement diabolique. Ainsi, en dépit de leurs précautions, l'ennemi se matérialise... et au plus mauvais moment, encore ! À l'instant même où ils viennent de trouver la fortune des Dricourt !

De son côté, Jasper voit devant lui trois gamins en jeans, une petite fille aux boucles

69

blondes et un chien sans race bien définie. Ces adversaires ne semblent guère redoutables. Il sourit. Annie remarque ses dents de loup, jaunes et pointues. Elle remarque aussi autre chose…

Jasper tient à la main un pistolet.

L'homme fait un pas en avant, en tenant les enfants sous la menace de son arme.

— Vite ! ordonne-t-il d'une voix sèche. Fourrez ces lingots et ces pierres là-dedans !

En même temps, il lance aux pieds des enfants un vulgaire sac de jute qu'il a apporté sous son bras.

— J'ai bien fait d'être prévoyant ! se félicite-t-il avec un mauvais sourire. Je savais bien que vous finiriez par me conduire au magot du vieux Dricourt !

Et comme les Cinq ne bougent pas – Dag attendant un ordre de Claude pour intervenir – Jasper ajoute :

— Allons ! Ne restez pas là comme des piquets ! Dépêchez-vous de me remplir ce sac !

Annie respire plus vite. François et Mick se consultent du regard, comme pour décider ce qu'il convient de faire. Sans la menace de l'arme, ils auraient déjà bondi sur l'intrus.

70

Claude est la seule à agir, avec une parfaite maîtrise de ses mouvements... Avant que Jasper ait pu comprendre ce qu'elle fait, elle jette vivement dans le coffre le diamant et le lingot qu'elle tient, referme la petite porte blindée et, de trois petits gestes rapides, tourne les trois boutons à fond sur la gauche, brouillant ainsi la combinaison chiffrée.

Jasper la considère, bouche bée.

— Que... que diable fais-tu là, gamin ? bégaie-t-il en prenant Claude pour un garçon. Je ne t'ai pas dit de refourrer ces trucs dans le coffre, mais de les mettre dans le sac !

— Inutile de le répéter ! répond Claude avec aplomb. Personne n'est sourd, ici ! Nous avons tous parfaitement entendu ! Mais il se trouve que nous ne sommes pas disposés à obéir. Voilà tout !

Les enfants ont l'impression que Jasper va s'étouffer de rage. Le sang lui monte au visage, puis, changeant de couleur, il devient livide. Sa voix s'élève, tremblante de colère :

— Ouvre ce coffre ou je tire !

Claude réfléchit à toute allure. L'homme qu'elle a défié est bien capable d'utiliser son arme pour tenter de les intimider. Et il peut blesser l'un d'eux ! Ce qu'il faut, c'est gagner du temps !

Elle adresse un coup d'œil d'avertissement à ses cousins. François et Mick lui rendent son regard. Ils savent le cerveau de leur cousine encore plus fertile que le leur et font comprendre muettement à Claude qu'ils la soutiendront quoi qu'elle fasse. Annie, de son côté, s'est ressaisie. Douce et calme d'habitude, assez craintive de nature, même, elle retrouve tout son courage quand le danger est là. Claude sait pouvoir compter sur elle autant que sur les garçons et sur Dag.

Jasper continue à pointer son arme dans sa direction.

— Écoute, gamin ! dit-il. Je vais compter jusqu'à trois. Si à ce moment-là tu n'as pas ouvert le coffre, je te flanque une balle dans le gras du mollet. Compris ?… Allez ! Je commence… Une !…

Le cerveau de Claude continue à fonctionner à toute vitesse. Elle regarde Jasper… de petits yeux rapprochés, un front étroit et ridé comme celui d'un singe. Non ! L'homme ne doit pas être très intelligent…

« S'il l'était, songe-t-elle, il n'aurait pas cru pouvoir emporter tout cet or dans un simple sac de jute. Il y a bien là cent lingots, soit au total une centaine de kilos sous un volume réduit. Le sac serait vite percé et je ne vois guère ce petit homme s'enfuyant avec un pareil poids sur le dos ! »

— Deux ! dit Jasper.

« Et cette idée de vouloir me faire jeter diamants et émeraudes pêle-mêle avec les lingots ! Les diamants, passe encore. C'est solide ! Mais les émeraudes !… Une pierre tendre qui se raie si facilement ! Oui, décidément, ce Jasper est bête. »

— Tr… ! commence Jasper.

Claude lève la main. Elle est arrivée à cette conclusion que, cet homme étant un sot, il faut essayer de l'intimider en bluffant un peu.

— Stop ! dit-elle. Je dois vous apprendre que mes camarades ignorent le chiffre du coffre. Et moi, je ne vous le dirai pas. Et si vous tirez sur moi, mon chien vous sautera à la gorge avant que vous ayez eu le temps de tourner votre pistolet contre lui !

L'audace de Claude coupe le souffle à ses cousins… et laisse Jasper bouche bée. À aucun moment il n'a envisagé que « les gosses » puissent lui opposer la moindre résistance.

Déconcerté, il hésite. La main qui tient l'arme fléchit imperceptiblement.

C'est le moment que choisit Annie pour venir en aide à sa cousine... Faisant mine d'être très effrayée, la petite fille, une main sur le cœur, chancelle soudain en balbutiant :

— Oh, mon Dieu ! Oh, mon Dieu !

Son attention détournée, Jasper quitte Claude des yeux. Celle-ci fait un bond et se suspend au bras de son adversaire. Le pistolet tombe sur le sol. D'un même élan, Mick et François sautent sur le bonhomme et tentent de le réduire à l'impuissance. Dag, de son côté, encouragé par Claude, enfonce avec délices ses crocs dans la jambe de Jasper.

Celui-ci, revenu de sa surprise et les forces décuplées par la rage, se défend comme un beau diable. Ses bras battent l'air comme les ailes d'un moulin.

L'un de ses poings, frappant Mick à l'épaule, envoie le jeune garçon rouler à quelques pas de là... Il y a en Jasper plus de force qu'on ne pourrait lui en supposer. Secouant Claude et François qui s'accrochent encore à lui, il réussit à leur faire lâcher prise et à les déséquilibrer. Alors, profitant de la confusion, il se précipite dans l'escalier et prend la fuite, non sans avoir décoché à Dag un coup de pied magistral qui coupe le souffle au pauvre chien.

74

Les Cinq mettent quelques instants avant de reprendre leurs esprits. Quand ils s'élancent à la poursuite du fuyard, celui-ci est déjà au bas de la tour.

Dagobert, poussant un aboiement vengeur, bondit à ses trousses. Les quatre cousins dégringolent à leur tour en trombe les vieilles marches de pierre.

C'est alors, à travers le petit bois, une cavalcade digne d'un film d'action… Jasper saute par-dessus les buissons, contourne les arbres et fait mille feintes pour déjouer les enfants. Mais, s'il croit pouvoir distancer Dag, il est vraiment naïf.

Alors que les quatre cousins l'ont perdu de vue, ils l'entendent soudain pousser un cri de douleur :

— Ouille !

Puis ils voient Jasper jaillir d'un fourré… avec Dag solidement accroché à son fond de pantalon. Le tableau est si drôle que François, Mick, Annie et Claude éclatent de rire.

— Tiens bon, Dag ! Serre fort, mon chien ! crie Claude.

À la vue des enfants qui accourent vers lui, Jasper fait un nouvel effort. Il parvient à se libérer et détale de nouveau comme un lapin, mais, oubliant de regarder où il met les pieds, trébuche sur une souche et tombe.

Sa tête se cogne contre un tronc d'arbre. Il s'écroule, assommé !

Les Cinq ne perdent pas de temps. Tandis qu'Annie et Dag surveillent l'opération, Mick et Claude entreprennent d'attacher Jasper à l'aide de leurs lassos que – conséquence de leur nouvelle marotte – ils trimbalent partout, accrochés à leur ceinture.

Pendant ce temps, François retourne en courant à la tour pour y ramasser le pistolet de Jasper et s'assurer que le coffre est correctement fermé.

Quand il revient, les enfants tiennent rapidement conseil.

— Jasper est trop sonné pour qu'on le fasse marcher jusqu'à la gendarmerie, déclare Mick. Et puis, si les gens le voyaient traverser Kernach, cela ferait une publicité indésirable pour Pascal.

— C'est vrai, dit Claude. Laissons-le là. Il est bien ficelé et ne bougera pas. Allons nous-mêmes chercher les gendarmes ! Nous leur dirons simplement que nous avons surpris un maraudeur dans la propriété des Dricourt.

— Bonne idée ! approuve Annie. Ce sera plus discret.

— Nous n'aurons pas besoin de parler du fabuleux héritage, ajoute François. Allons ! En route !

Les quatre cousins enfourchent leurs vélos et filent à toutes pédales à la gendarmerie. Le brigadier, qui connaît bien la famille Dorsel, les écoute attentivement puis, sans perdre de temps, décide de se rendre en voiture à *La Folie* avec un de ses hommes. Il pousse même la gentillesse jusqu'à prendre une estafette pour permettre aux enfants de les accompagner.

Hélas ! une déception attend les jeunes détectives ! À l'endroit où ils ont laissé leur prisonnier, ils ne trouvent plus personne. Seuls les lassos sont là, sur le sol. Jasper a disparu !

chapitre 9

Maudit Jasper !

— Nous n'avions pas assez serré les nœuds !
soupire Mick. Il a réussi à se détacher !

Claude ne décolère pas. Elle, qui se flatte
de tout prévoir, s'est montrée négligente
pour une fois…

— J'aurais dû rester avec Dag pour surveiller le bonhomme ! Il doit être loin à présent !

Seule preuve de la réalité du « maraudeur » : le pistolet dont il a menacé les enfants
et que François remet aux gendarmes.
Puis, tout le monde va rejoindre Pascal à la
clinique.

Pascal, un peu éberlué, apprend de la bouche
du brigadier que « Mlle Dorsel et ses cousins
ont trouvé un rôdeur dans sa propriété ». Puis

il comprend, au clin d'œil que lui adresse Mick derrière le dos des gendarmes, qu'il ne s'agit là que d'une version officielle. Il porte donc plainte pour la forme, sans entretenir grand espoir de voir le « maraudeur » rattrapé.

Après le départ des policiers, les enfants mettent le jeune Canadien au courant de leur aventure. Pascal ne sait s'il doit se réjouir ou trembler à retardement.

— C'est fantastique ! s'écrie-t-il. Vous êtes des as ! Avoir réussi à trouver le coffre-fort et à l'ouvrir ! Que de mercis je vous dois pour ce fabuleux héritage ! Mais vous avez couru un réel danger ! Quand je pense à la façon dont vous avez tenu tête à Jasper, je frémis. En tout cas, à partir de maintenant, je vous interdis bien de retourner à *La Folie* et de prendre encore le moindre risque !

— Mais c'est impossible ! rétorque Claude. Tu nous as chargés d'une mission que nous devons mener à bien… jusqu'au bout !

— D'autant plus, ajoute François, que Jasper connaît maintenant l'endroit où se trouve le trésor. Et il est de taille à forcer le coffre-citerne.

— C'est bien simple ! réagit Pascal, soudain décidé. Je vais reprendre contact avec la police et révéler toute la vérité.

— Tu n'y penses pas ! s'exclame Mick. Dès que l'on connaîtra l'existence du trésor, tu seras assailli par les journalistes, les solliciteurs de toute sorte…

— Sans compter que cette publicité attirera les voleurs ! fait remarquer Annie. Rappelle-toi, Pascal ! Tu nous as toi-même recommandé la discrétion.

— Les circonstances sont différentes.

— Pas du tout, coupe Claude. Ce qu'il faut, c'est mettre le trésor à l'abri, c'est tout. En le faisant, nous ne courrons aucun danger. Je doute en effet que Jasper revienne là-bas sur-le-champ. Il attendra certainement la nuit pour agir. D'ici là, nous aurons déménagé ta fortune, Pascal. Et quand papa reviendra, il te louera un coffre à la banque et tu pourras dormir sur tes deux oreilles.

Pascal finit par se laisser convaincre.

— Mais où allez-vous cacher tout ça en attendant ?

— J'y ai pensé ! annonce François. Nous transporterons les lingots dans la petite remorque à vélo de mon oncle jusqu'à la villa de Claude. Là, dès qu'il fera nuit, nous les enterrerons dans le jardin où ils seront en sûreté jusqu'au retour d'oncle Henri.

— Quant aux pierres précieuses, dit Annie à son tour, on pourrait les cacher dans ma maison de poupée. Aucun cambrioleur ne songera à aller les chercher là !

Pascal ayant donné son approbation à ce programme, les jeunes détectives décident que, par prudence, mieux vaut agir sans délai.

— Et tant pis si nous rentrons en retard pour déjeuner ! déclare Mick qui envisage là un gros sacrifice, car il est particulièrement gourmand.

Pascal voit partir ses jeunes amis avec un brin d'anxiété.

Il se désole d'être cloué au lit et s'en veut de laisser à d'autres le soin de défendre ses propres intérêts… Il regrette presque d'avoir lancé les Cinq sur la piste du trésor !

— Vivement que celui-ci soit en lieu sûr ! soupire-t-il. Au moins ces braves enfants ne courront-ils plus aucun danger !

Tandis qu'il remue ainsi de moroses pensées, les jeunes détectives retournent en toute hâte aux *Mouettes* pour y prendre la remorque à vélo. Puis ils récupèrent leurs bicyclettes – laissées à la gendarmerie – et reprennent le chemin de *La Folie*.

Cette fois-ci, ils ne manquent pas de jeter de fréquents regards en arrière pour s'assurer que personne ne les prend en filature. Ils se méfient de Jasper !

— Chic ! s'écrie Mick en mettant pied à terre devant la grille de la villa des Dricourt. Personne ne nous a suivis !

Il a raison. Personne n'a suivi les Cinq !

Mais quelqu'un les a précédés !

Quand ils arrivent en haut de la tour, c'est pour constater que le coffre est ouvert et le trésor envolé !... Un voleur – et ils se doutent bien de son identité ! – a fait sauter la porte en utilisant un explosif quelconque... peut-être tout simplement la poudre de quelques cartouches de chasse !

— Nom d'un pétard ! s'exclame Mick, consterné.

— Nom d'un pétard, en effet ! répète Claude en faisant un effort héroïque pour plaisanter. C'est exactement le terme qui convient !...

François hume l'air autour de la citerne.

— Et le pétard, déclare-t-il, n'a pas été tiré depuis bien longtemps. Ça sent encore la poudre. Le vol est tout récent !

— Ce maudit Jasper ! s'écrie Annie en oubliant pour une fois sa douceur habituelle. Il a été plus rapide que nous !

— C'est ma faute ! dit Mick. J'ai dissuadé Pascal de faire intervenir la police. Peut-être aurait-elle pu arrêter Jasper à temps...

— Ouah ! Ouah ! coupe Dagobert en courant vers l'escalier.

— Il a raison, dit Claude en le suivant. Assez de discours inutiles ! Alertons au plus vite les autorités pour réparer notre sottise.

Les enfants se hâtent donc d'aller retrouver Pascal à qui, tout penauds, ils annoncent la catastrophe. Sans se répandre en regrets stériles, le jeune Canadien téléphone à la gendarmerie pour demander que l'on vienne recueillir sa déposition.

Cette fois, il expose en détail toute l'affaire et donne le signalement de Jasper. Il déclenche ainsi un véritable branle-bas de combat. Sans tarder, la police établit des barrages sur les routes et instaure, par radio, la surveillance des gares, des ports et des aéroports.

— Si avec tout ça on ne le retrouve pas..., murmure Annie.

Eh bien, justement, Jasper demeure introuvable ! Il semble s'être évaporé avec le trésor !

Plusieurs jours s'écoulent. Pascal va de mieux en mieux. Les os de sa cheville se ressoudent rapidement. Seulement, bien sûr, il est dépité de la disparition de son héritage.

— Enfin ! déclare-t-il avec philosophie à Claude et à ses cousins. Perte d'argent n'est pas mortelle ! J'aime encore mieux ça que s'il vous était arrivé un pépin à cause de ce démon de Jasper !

À force de réfléchir, les jeunes détectives en sont arrivés à certaines conclusions.

— Naturellement, son coup fait, Jasper s'est bien gardé de reparaître à Saint-Sylve, dit Mick. Cependant, si on ne l'a pas encore arrêté, c'est peut-être parce qu'il n'a pas cherché à fuir. À mon avis, il se terre dans quelque coin de la région !

C'est aussi l'avis de Claude.

— Sans doute ne sortira-t-il de sa cachette que lorsque l'agitation causée par cette affaire sera un peu calmée.

— … et la surveillance moins active ! ajoute François.

— Si nous voulons le pincer, il faut faire vite ! déclare Mick qui ne désespère jamais.

— D'accord ! dit Annie. Mais où le prendre ?

— Autant chercher une aiguille dans une botte de foin ! soupire Pascal.

Mais Claude, comme Mick, refuse de se laisser décourager. Elle espère on ne sait quel miracle…

Et le miracle se produit, par un clair matin ensoleillé, alors que les Cinq circulent dans les rues de Kernach, toutes grouillantes de l'animation du marché…

Les enfants vont d'étal en étal, achetant fruits, légumes, beurre et œufs, suivant une liste que leur a remise la prévoyante Maria. De son côté, Dag flaire les bonnes odeurs et salue au passage des chiens de sa connaissance.

Soudain, Annie s'immobilise.

— Regardez ! souffle-t-elle. Cet homme… là… sous les arceaux du marché couvert… Celui qui vend de la mercerie et des cartes postales…

— Oui ? Eh bien, quoi… c'est un marchand ambulant ! répond Mick.

— Ce n'est pas ce que je voulais dire… Vous ne trouvez pas qu'il ressemble à Jasper ?

Claude et les garçons regardent l'homme avec plus d'attention. Occupé à rendre de la monnaie à une femme, le colporteur se présente à eux de profil… Il est petit, maigre et sec comme Jasper, mais ses cheveux sont taillés en brosse et sa lèvre supérieure ornée d'une moustache digne d'un lion de mer.

— C'est lui et ce n'est pas lui ! chuchote François.

Au même instant, deux choses se produisent. D'abord, l'homme se tourne du côté des enfants qui n'ont que le temps de se dissimuler derrière un des piliers du marché couvert. Ensuite, Dag, qui revient de flairer un cageot de poules à l'autre bout de la place, s'arrête au niveau du marchand et commence à découvrir ses crocs.

— Tu vois ! Dag aussi l'a reconnu ! murmure Annie.

Claude siffle doucement. Dago l'entend et la rejoint au galop. Par chance, l'homme n'a rien remarqué : il vient d'aborder un groupe de touristes, tout juste descendus d'un car, pour leur proposer des cartes postales.

Mick ne se tient plus de joie.

— C'est lui ! C'est lui ! Nous l'avons retrouvé ! s'écrie-t-il, tout joyeux. Ce Jasper est un petit malin ! Il a choisi un excellent camouflage ! Comme il lui est impossible de rentrer chez lui et qu'il ne peut songer encore à liquider les pierres précieuses et les lingots, il lui faut bien gagner sa vie d'une manière ou d'une autre ! Qui aurait

87

idée de suspecter un pauvre petit marchand ambulant ?

— Allons vite prévenir les gendarmes ! conseille Annie.

— Tu rêves ! dit Claude. Il risquerait de fuir pendant ce temps. Du reste, nous ne sommes pas trop de cinq pour le filer et l'arrêter si possible… Commençons donc par le suivre pour savoir où il va…

chapitre 10

Complices ?

Le « colporteur » est loin de se douter que cinq paires d'yeux suivent chacun de ses mouvements. Durant près d'une heure encore, il continue à offrir sa marchandise aux passants. Puis, le marché tirant à sa fin, il referme sa boîte-étal et paraît se disposer à partir.

— Essayons de le filer sans qu'il nous aperçoive ! souffle Claude.

Dag, à qui sa maîtresse a fait la leçon, suit les enfants en silence. Mais le poil hérissé de sa nuque laisse entendre qu'il ne faudrait pas beaucoup l'encourager pour qu'il saute sur l'homme.

Au début, la filature est aisée. Les enfants peuvent se cacher dans la foule. Mais celle-ci s'amenuise. Puis Jasper sort de Kernach pour prendre un chemin de campagne. Les Cinq doivent redoubler de prudence pour n'être pas vus… Ils bondissent d'arbre en arbre, de buisson en buisson… Une fois même, Jasper s'étant retourné, ils doivent se jeter à plat ventre dans le fossé.

Enfin, Jasper arrive en vue d'une masure branlante qui se dresse un peu en retrait du chemin.

Les Cinq le voient en pousser la porte qui n'est même pas fermée à clé.

— Si c'est là qu'il habite, murmure François, il y a gros à parier qu'il a caché son trésor autre part que dans cette baraque ouverte à tous les vents.

— Là encore, notre bonhomme a fait preuve d'habileté ! fait remarquer Mick. Cette masure paraît abandonnée. Et elle se dresse dans un coin désert !

Claude ne dit rien. Elle se pose cette question essentielle : où Jasper a-t-il caché l'héritage de Pascal ?…

— Maintenant que nous connaissons la retraite de ce voleur, dit-elle à ses cousins, il ne reste plus qu'à le faire arrêter.

Dépêchez-vous d'aller chercher la police ! Moi, je reste ici avec Dag. Nous surveillerons le fugitif. Je ne tiens pas à ce qu'il nous glisse entre les doigts une seconde fois !

François, Mick et Annie retournent à Kernach au petit trot. Une fois les autorités alertées, tout va très vite… Sans perdre de temps, les gendarmes bondissent en voiture, arrivent sur les lieux et cernent la cabane. Jasper est appréhendé avant d'être revenu de sa surprise…

— Dites, brigadier ! demande Claude, inquiète. Vous nous tiendrez au courant des révélations qu'il pourra faire, n'est-ce pas ?

— Je vous le promets ! répond le brigadier en souriant aux enfants. Nous vous devons bien ça !

Le lendemain même, fidèle à sa promesse, le gradé reçoit dans son bureau Claude et ses cousins venus aux nouvelles.

— Jasper, leur dit-il, se trouve en prison sous inculpation de menaces, détention d'arme et vol avec effraction. Des inspecteurs de police l'ont interrogé toute la journée d'hier. Malheureusement, ils n'ont rien pu tirer de lui…

Haussant les épaules, il continue :

— Jasper ne peut nier être le cambrioleur du coffre de M. Dricourt car les empreintes digitales relevées sur la porte blindée correspondent aux siennes. Mais il refuse obstinément d'indiquer où il a dissimulé le produit de son vol.

— Vous avez fouillé sa cabane, bien sûr ? questionne naïvement Annie.

— Bien sûr ! répète le brigadier en souriant à la petite fille. C'est même la première chose que nous avons faite. Mais nous n'avons rien trouvé. Et pourtant, nous sommes allés jusqu'à retourner le sol sur une assez grande surface.

Devant l'air désolé des jeunes détectives, le brigadier ajoute :

— Ne vous tourmentez pas ! Nous finirons bien par retrouver l'or et les pierres précieuses de votre ami. C'est uniquement une question de temps !

Les enfants se hâtent de rapporter cette conversation à Pascal qui, la veille, les a félicités avec chaleur de leur exploit. Le jeune Canadien va beaucoup mieux. À présent, il circule avec des béquilles et parle même de s'installer à *La Folie*. Comme il ne peut évidemment y rester seul, Maria s'est chargée de lui trouver une gouvernante : une cousine à elle qui s'occupera entièrement de l'entretien de la maison. Germaine – tel est le nom de cette perle – s'active déjà à nettoyer à fond la villa…

— Dès lundi, précise Pascal, je pourrai, paraît-il, loger enfin chez moi !

Le lendemain, dimanche, les Cinq, tenaces, retournent explorer les environs de la masure de Jasper. Mais ils ont beau sonder le sol, les murs, et battre les buissons alentour, ils ne sont pas plus heureux que les policiers : ils ne trouvent strictement rien !

Le lundi, les enfants aident Pascal à s'installer à *La Folie*. Puis, tandis que Germaine range les affaires du jeune Canadien, tous évoquent une fois de plus le problème du trésor disparu.

— Il est forcément quelque part, déclare Claude, et je suis bien décidée à le retrouver.

Ses cousins sont aussi tenaces qu'elle. Aussi, dans l'après-midi, abandonnant Pascal qui rumine d'assez tristes pensées car il conserve peu d'espoir de récupérer son bien, les Cinq vont de nouveau fureter du côté de la masure de Jasper.

— J'ai idée, dit Claude, qu'un voleur doit aimer veiller sur son butin et par conséquent le garder à portée de sa main.

— Ce qu'il nous faudrait, soupire Mick, morose, c'est un bulldozer ! Comme ça, on pourrait retourner le sol sur des kilomètres autour de la cabane.

— Un bulldozer ! s'exclame François en riant. Tant qu'on y est, pourquoi ne pas engager une armée de bûcherons pour abattre tous les arbres du petit bois ? Le trésor est peut-être au sommet de l'un d'eux.

— Nous aurions plus vite fait de repérer l'emplacement du butin à l'aide d'un pendule ! fait observer Annie.

— Si tu en es capable, ne te gêne pas ! réplique Mick en riant.

— Trêve de sottises ! grommelle Claude. Nous voici arrivés !…

Elle s'interrompt net. Les enfants viennent d'atteindre le coin désolé où se dresse la masure de Jasper. Or, à leur grande surprise, un bruit de voix s'échappe de celle-ci. Dag commence à grogner. Claude lui impose silence. Suivie de ses cousins, elle s'approche à pas de loup de la fenêtre aux carreaux cassés…

Deux hommes sont là, en train de fouiller les lieux…

Se croyant seuls, ils ne se gênent pas pour parler tout haut.

— C'est rageant ! bougonne l'un. Je ne trouve rien. Ces maudits policiers ont dû passer ici avant nous !

— Sûr ! approuve l'autre. Une guigne qu'on ait appris l'arrestation de Jasper seulement ce matin… Tu t'en doutais, toi, Octave, qu'il avait fait un coup pareil ?

— C'est un hypocrite. Copains comme on l'était, nous trois, il ne nous a jamais glissé un mot de ses projets. Dame ! Monsieur voulait garder le gâteau pour lui tout seul !

— Il s'est bien moqué de nous ! Disparaître comme ça, du jour au lendemain, sans rien nous dire…

— Tu oublies, Fernand, qu'il avait la police aux trousses !

Le dénommé Fernand – une espèce de gorille hirsute – se relève du sol qu'il parcourt à quatre pattes.

— Aïe ! Le dos me fait mal à force de chercher ! Pas la peine de s'échiner, Octave ! Jasper a fourré le magot ailleurs !

— Pas de chance ! Ça nous aurait pourtant bien arrangés de mettre la main dessus !

François fait signe à ses compagnons et les entraîne en silence vers le petit bois où tous se dissimulent.

— Nous n'en aurions pas appris davantage, explique-t-il, et nous risquions de nous faire surprendre. Tenez… Les voilà qui sortent !

En effet, là-bas, sur le sentier, Octave et Fernand s'éloignent en direction de Kernach.

— Misère ! soupire Annie. Non seulement l'héritage de Pascal a disparu, mais ces deux bandits sont comme nous à sa recherche.

L'affaire se corse. Désormais, les Cinq devront compter avec les deux individus peu recommandables qui, de toute évidence, ont été les compagnons de Jasper.

Pascal, mis au courant le jour même, tente en vain de persuader les Cinq d'abandonner leur enquête.

— Pas question ! déclare Claude. C'est pour nous un point d'honneur que de retrouver ton héritage !

— Vous n'y arriverez pas ! affirme le jeune homme avec force. Et vous allez courir des dangers inutiles. Dès que je serai sur pied, je partirai moi-même à la recherche de mon bien.

— Mais en attendant, coupe Mick, tu marches encore avec des béquilles. Le mieux, mon vieux, est de nous laisser faire !

Pascal est bien obligé de se résigner.

96

Claude a souvent des intuitions valables. Trois jours successifs, elle entraîne ses cousins du côté de la cabane.

— Je sens que le trésor est dans le coin !

Au cours de leurs recherches, les jeunes détectives se montrent excessivement prudents. Ils craignent de voir Octave et Fernand revenir écumer les lieux. En conséquence, Dag a pour mission de signaler l'approche de toute personne étrangère… Il y a ainsi deux alertes. Les enfants, occupés à sonder les troncs d'arbres creux, ont tout juste le temps de se cacher derrière des buissons : Octave et Fernand reviennent pour procéder à des fouilles désordonnées, piochant çà et là, au hasard, tout en grommelant des injures à l'adresse de « ce faux-jeton de Jasper ».

— Ils n'ont aucune méthode ! souffle Mick, dégoûté. Ce serait miracle s'ils tombaient sur le butin !

— La chance favorise souvent la canaille ! fait remarquer François avec une grimace.

Claude et Annie, plus fines que les garçons, se sont tout de suite rendu compte que le comportement absurde des deux hommes avait une raison précise : les deux bandits ont bu de l'alcool pour se donner du cœur à l'ouvrage. Cela les a rendus stupides et hargneux.

En dépit des précautions prises par les enfants, ils ne peuvent éviter, au matin du quatrième jour, de se trouver nez à nez avec les deux peu sympathiques personnages.

chapitre 11

Catastrophe !

Ce n'est pas la faute de Dag. Quelqu'un passant au loin sur la route, le chien a cru bon de donner de la voix dans cette direction. Pendant ce temps, venus à travers bois, les bandits surprennent les enfants occupés à inspecter, une fois de plus, les abords de la masure. Tout de suite, Octave et Fernand se montrent soupçonneux.

— Qu'est-ce que vous fabriquez par ici, les gosses ? demande le premier d'une voix pâteuse.

— Vous nous espionnez, pas vrai ? ajoute sottement le second.

Claude, qui a la repartie facile, prend un air étonné, puis sourit largement.

— Ah, ah ! dit-elle. Vous êtes des concurrents, sans doute ? Vous faites la course au trésor ?

François, Mick et Annie ouvrent de grands yeux. Est-ce que leur cousine devient folle ?… Octave prend un air mauvais et fait un pas en avant.

— Tu as parlé de trésor, gamin ? dit-il en secouant Claude par l'épaule. Tu sais donc où il est ?

Claude affiche un air innocent.

— Bien sûr que non ! assure-t-elle. Sans quoi, nous ne le chercherions pas ! L'organisateur du jeu nous a dit que la piste serait jalonnée de confettis… Est-ce que vous avez trouvé des confettis par ici, monsieur ? Parce que, dans ce cas, vous seriez bien gentil de nous le dire. Cela ne vous portera pas tort car les adultes n'ont pas le droit de participer à cette course au trésor… Et ça nous aiderait bien !

Fernand fronce les sourcils et grommelle :

— De quoi parle-t-il, ce gosse ?

Mick, qui a compris la parade de Claude, entre dans son jeu et répond à sa place :

— De la course au trésor organisée par la jeunesse de Kernach, bien sûr ! Le trésor, c'est un vélo neuf ! Alors, vous vous rendez compte si nous aimerions gagner !

Octave, soudain rassuré, éclate de rire. Puis, reprenant son sérieux, il ordonne, avec un geste impératif de la main :

— Allez ! Débarrassez le plancher, les mômes ! On vous a assez vus ! Ha, ha ! Une course au trésor ! Elle est bien bonne !

Les enfants et Dag s'empressent de filer. Mais, obstinés, ils reviennent dans le coin au cours de l'après-midi.

— Inutile de creuser là où ces imbéciles se sont escrimés de la pioche ! déclare François. Allons un peu plus loin. Nous n'avons que superficiellement exploré ce coin de bois, là-bas !

Cette fois, les jeunes détectives ont la chance pour eux. C'est à Claude que revient l'honneur de la découverte…

Elle avise soudain, au pied d'un grand chêne, une portion de sol où la mousse est en train de se dessécher d'une façon singulière : uniquement sur une surface affectant la forme d'un grand carré.

— Venez voir ! Venez voir ! s'écrie-t-elle.

François, Mick, Annie et Dag accourent.

— On a certainement enterré quelque chose ici ! estime François. Ensuite, la mousse a été remise en place mais, comme il n'a pas plu ces jours-ci, elle est en train de mourir.

— Le trésor ? murmure Annie.

— Nous le saurons quand nous l'aurons déterré ! dit Mick. Nous reviendrons ici ce soir, quand nous ne risquerons plus d'être dérangés par personne. C'est Pascal qui va être content !

— Ne te réjouis pas trop vite ! conseille François. Il y a souvent loin de la coupe aux lèvres !

Le soir donc, comme convenu, les Cinq retournent au bois. Ils se sont munis de pelles et de pioches et se mettent à l'ouvrage. Soudain, la pioche de Mick heurte avec violence un objet métallique.

— Vite ! Dégageons-le !

C'est une cantine en fer. À l'aide d'un outil, les enfants en forcent le cadenas. Une fois le couvercle soulevé, tous laissent éclater leur joie.

— Les lingots ! Ils sont bien là ! s'écrie Annie, tout heureuse.

— Et les gemmes aussi, dit Mick en ouvrant une des six petites boîtes calées entre les pavés d'or ! Voici des diamants…

— Et des émeraudes ! ajoute Claude en ouvrant une autre boîte. Tout cela, bien protégé par du coton. Allons ! Un bon point pour Jasper !

— Écoutez ! lance François. Il est impossible d'emporter ces lingots. Nous sommes obligés de les laisser sur place. Pascal demandera aux autorités de les récupérer pour lui. Mais nous pouvons toujours prendre les gemmes. Ça, au moins, c'est transportable !

Après avoir empoché les précieuses boîtes, Claude et ses cousins se hâtent de recouvrir de terre la cantine. Ils achèvent cette opération quand Dag se répand en aboiements rageurs.

— Vite ! souffle François. Quelqu'un vient !

Hélas ! Les enfants ont beau manier la pelle à toute allure, ils ne peuvent finir à temps leur besogne. Déjà Octave et Fernand se dressent devant eux, menaçants…

— Ha, ha ! jette Octave. Vous ne nous ferez pas croire, cette fois, que vous cherchez votre vélo sous terre !

En un éclair, Claude comprend qu'elle peut encore abuser les bandits. À aucun prix, ils ne doivent se douter que les enfants enterrent la cantine après l'avoir ouverte… Il faut leur laisser croire, au contraire, que les jeunes détectives commencent à peine à creuser.

Pour mieux les tromper, elle se cramponne à la fable imaginée précédemment.

103

— Bien sûr que si ! s'écrie-t-elle. Si nous piochons c'est avec l'espoir de déterrer la petite boîte qui contient le bon... celui qui donnera droit à un vélo neuf... le gros lot de la course au trésor, quoi !

Mick, jouant l'inquiétude, ajoute de son côté :

— Vous n'allez pas nous empêcher de gagner, dites, m'sieur ? Qu'est-ce que vous feriez d'un vélo d'enfant ?

Mais Octave reste soupçonneux.

— Tenez-vous tranquilles, les gosses ! Surveille-les, Fernand. Moi, je vais continuer à creuser un peu...

— Vous n'avez pas le droit de nous voler ce bon ! proteste François entrant à son tour dans le jeu. Ce vélo est destiné à ma petite sœur. Pas vrai, Annie ?

— Bien sûr ! affirme Annie.

Dag aimerait bien sauter à la gorge du bandit. Mais Claude, sentant la faiblesse de leur position, ordonne tout bas au chien de se tenir tranquille... Il ne faut pas longtemps à Octave pour mettre au jour la cantine. À la vue de l'or, lui et son compagnon poussent des cris de joie. Annie croit opportun de leur jouer une petite comédie.

— Oh ! fait-elle d'un air déçu. Ce n'est pas la boîte au trésor !

Les bandits s'esclaffent. Puis, cessant de rire, ils regardent les enfants d'un air sinistre.

— Si nous voulons emporter ces lingots, m'est avis qu'il va falloir se débarrasser de ces jeunes gêneurs ! murmure Fernand.

— Pas difficile ! Ils ont sur eux la ficelle qui va nous permettre de les transformer en saucissons ! Ah, ah, ah !

Octave désigne les lassos de Claude et de Mick. Il ordonne aux enfants consternés de se mettre dos à dos, deux par deux, et attache chaque couple avec un des lassos.

Quant à Dag, Fernand fixe son collier à la corde qui lie François et Annie ensemble. Et comme le chien aboie :

— S'il continue, je lui fends la tête d'un coup de pioche !

Claude, la mort dans l'âme, ordonne à Dag de se taire. Ainsi réduits à l'impuissance, les Cinq assistent à l'exhumation de la cantine.

— Est-ce que les journaux n'ont pas aussi parlé de pierres précieuses ? demande soudain Octave.

— Sûr ! Mais elles ne sont pas là ! Ce gredin de Jasper les aura cachées ailleurs, pour plus de prudence !

105

— Flûte, alors ! C'est bien notre veine !

— Eh ! Te plains pas, mon vieux ! Y a assez là-dedans pour plus rien fiche jusqu'à la fin de nos jours.

— Ouais ! Mais faut encore transporter ces briques. Va chercher la camionnette qu'on a laissée dans le chemin creux…. Pendant ce temps, je m'occupe de neutraliser les mômes !

Claude et ses cousins frissonnent. Ils constituent des témoins gênants pour les bandits. Ceux-ci ne vont-ils pas les supprimer ?… Tandis que son complice va chercher la voiture, Octave pousse vers la masure les enfants qui n'avancent qu'à petits pas en raison de leurs chevilles entravées.

Quand les Cinq sont dans la cabane, Octave les oblige à s'étendre par terre et resserre leurs liens.

— Vous allez rester là, bien sagement, jusqu'à ce que quelqu'un vous délivre ! Espérons que d'ici là vous ne mourrez pas de faim !

Les instants qui suivent sont pénibles pour les enfants. Octave sort en refermant la porte. Puis ils entendent Fernand arriver avec une voiture ferraillante et comprennent que les bandits chargent la cantine.

Mais le pire est encore à venir…

chapitre 12

Les as du lasso

Au lieu de partir tout de suite avec leur butin, les bandits reviennent à la cabane, s'emparent de vieilles planches qui traînent dans un coin et ressortent.

— Va chercher un marteau et des clous dans la camionnette ! crie Octave à son complice.

Puis, à l'intention des enfants, il crie plus fort encore :

— Nous allons clouer des planches sur la porte et la fenêtre… On n'est jamais trop prudent ! Je ne tiens pas à ce que vous vous échappiez trop vite !

Les coups de marteau résonnent sinistrement aux oreilles des jeunes détectives…

Maria ne s'apercevra pas de leur absence avant le lendemain matin. Le temps qu'elle prenne contact avec Pascal, que tous deux alertent les gendarmes et les aiguillent sur la cabane, les bandits et l'or seront loin. Les retrouvera-t-on jamais ? Les Cinq ont lamentablement échoué, juste au moment où ils touchaient au but.

Dehors, la camionnette s'ébranle. Le bruit du moteur décroît peu à peu. Le silence se fait. Les soirées ont beau être longues, la nuit est déjà arrivée. Dans la cabane, il fait noir comme dans un four.

Annie renifle à petits coups. Dag s'étrangle à moitié en essayant de se libérer. Claude déclare d'un ton rageur :

— Nous voilà dans de beaux draps !

— Encore heureux que ces sinistres bonshommes ne nous aient pas fouillés ! rappelle Mick.

— C'est vrai, dit François. Nous pourrons au moins rendre à Pascal ses diamants et ses émeraudes. Ce n'est en somme qu'un demi-échec !

— Sans doute ! acquiesce Annie. Mais nous voilà prisonniers !

Soudain, on entend un bruit sec, accompagné d'un gémissement de Dag... À force

108

de se démener, le chien vient de rompre son collier et de rouler à terre.

— Dag ! Bravo ! s'écrie Claude tout heureuse en sentant son fidèle ami lui lécher la joue. Te voilà libre. Tu devrais bien nous aider à nous libérer aussi !

Elle est attachée tellement serré contre Mick que les deux cousins ont peine à respirer. Il est temps que Dag intervienne. Par chance, il a de solides dents et comprend immédiatement ce qu'on attend de lui.

Il suffit que Claude lui crie « Un nonos ! Ronge ! » pour qu'il attaque la corde qu'elle approche tant bien que mal de sa gueule. C'est là un exercice auquel l'astucieuse fille l'a depuis longtemps entraîné… et auquel il s'emploie avec ardeur… et efficacité !

La corde cède peu à peu, pour se détendre brusquement… Claude et Mick ont tôt fait d'achever de se libérer. La première remercie Dag en l'embrassant sur le museau, puis se hâte d'aider son cousin à détacher François et Annie.

Bientôt, les enfants se retrouvent debout côte à côte.

— S'il ne faisait pas si noir, dit François, nous trouverions bien un moyen pour filer d'ici…

Soudain, une lueur argentée inonde la cabane. Claude se met à rire et lève le doigt en direction du toit crevé. Par l'ouverture, la lune, surgie de derrière un nuage, semble épier avec curiosité les jeunes prisonniers.

— Tu voulais de la lumière, François, en voilà ! Et cette brave lune nous indique par-dessus le marché le chemin de l'évasion.

— C'est une idée ! Nous allons filer par la toiture.

— Mais comment ? demande Annie.

— Nos lassos, bien sûr ! s'explique Mick.

Ramassant les deux cordes, il les ajoute l'une à l'autre puis, d'un geste adroit, lance l'une des extrémités par-dessus une des poutres du toit à ciel ouvert.

Claude rit plus fort.

— Nos adversaires ont pensé à la porte et à la fenêtre mais ils ont négligé le chemin des oiseaux ! Allons ! En avant ! Grimpons ! Après tout, c'est presque la répétition de notre évasion du wagon… quand le train a déraillé !

Elle est la première à monter le long de la corde lisse. Une fois en haut, elle hisse Dag. Ses cousins suivent.

Le lasso sert également aux Cinq pour descendre de leur perchoir. Après quoi, Mick

110

tire la corde à lui. L'évasion n'a pas duré longtemps…

Sans s'attarder, les Cinq prennent à vive allure le chemin de *La Folie*. Ils dégringolent de leurs bicyclettes (plus qu'ils n'en descendent) pour se suspendre à la sonnette de la villa. Germaine, réveillée dans son premier sommeil, vient ouvrir la grille en bougonnant :

— Je me demande à quoi pense Maria pour vous laisser vagabonder à une heure pareille ! .

C'est un Pascal très inquiet qui sort de sa chambre, en pyjama, appuyé sur ses béquilles. À la vue des enfants sains et saufs, il se rassérène.

— Vous m'avez fait peur ! Je craignais une catastrophe !

— C'en est la moitié d'une, en fait, que nous venons t'apprendre ! lâche François. Mais d'abord, commençons par la bonne moitié… Tiens ! voilà tes pierres !

Sous les yeux stupéfaits et ravis de Pascal, les enfants exhibent les petites boîtes pleines de diamants et d'émeraudes. Puis ils relatent leur aventure. Pascal veut les remercier. Claude lui coupe la parole.

— Papa rentre demain ! lui dit-elle. Je le prierai de passer te voir. Il te conduira en voiture à la banque où tu n'auras qu'à louer un coffre pour mettre à l'abri ton précieux héritage. Quant aux lingots…

Pascal coupe avec force :

— Quant aux lingots, c'est à la police de les retrouver ! Vous autres, vous en avez assez fait ! Ce dernier épisode de votre enquête m'épouvante. Ces deux bandits auraient très bien pu vous malmener davantage encore. Je vous interdis de vous exposer à de nouveaux dangers…

Le jeune Canadien est tout pâle d'émotion… Annie lui sourit gentiment.

— Ne te tracasse pas pour nous ! Comme tu dis…

— … C'est à la police de retrouver ces gredins et de les obliger à rendre gorge ! acheva Mick.

— Exactement !

Un instant plus tard, sur le chemin des *Mouettes*, Claude fait des reproches à Mick et à Annie :

— Qu'est-ce qui vous a pris de dire à Pascal que nous abandonnions l'affaire ? J'ai bien l'intention, moi, de continuer jusqu'au bout. J'ai déjà une petite idée…

Claude a toujours des idées à en revendre. Avant qu'elle n'expose celle qui lui trotte dans la tête, ses cousins protestent.

— Je n'ai jamais dit que nous renoncerions ! souligne Mick en riant. J'en ai seulement donné l'impression à Pascal… histoire de lui calmer les nerfs. Autrement, il aurait piqué une crise, c'est sûr !… Et il se serait débrouillé pour que l'oncle Henri nous interdise de poursuivre notre enquête…

— Dans ce cas, bravo ! réplique Claude, soudain rayonnante. Tu as très bien joué…

François demande, vaguement inquiet :

— À propos de ton idée, Claude !… De quoi s'agit-il au juste ? Tu as parfois des inventions tellement extraordinaires !

Les enfants sont arrivés aux *Mouettes*. Ils mettent pied à terre.

— Patientez un peu ! dit Claude en ouvrant la grille tout doucement. Je vous expliquerai mon idée demain matin. Pour l'instant, il s'agit de rentrer sans que Maria se doute de notre escapade. Et puis, il est bien tard ! Je tombe de sommeil… Pas toi, Dag ?

Le chien émet un aboiement étouffé. Lui aussi comprend qu'il ne faut pas réveiller Maria…

113

Les Cinq ne font qu'un somme jusqu'au lendemain matin. Après un petit déjeuner composé de chocolat au lait, accompagné de tartines de miel et de confiture, les jeunes détectives se réunissent dans le jardin.

— Et maintenant, expose-nous ton idée, Claude ! réclament ses cousins.

Elle ne se fait pas prier.

— Eh bien, voilà ! Je pense, avant tout, qu'il faut nous mettre dans la peau des bandits... Hier, après avoir volé les lingots, ils n'auront sans doute songé qu'à une chose : mettre leur butin à l'abri et se terrer eux-mêmes dans une retraite sûre pour échapper aux recherches de la police.

— C'est l'évidence même, dit François.

— Bon ! Si Octave et Fernand étaient intelligents, ils en resteraient là, sans plus. Mais ce sont des imbéciles ! Et des imbéciles, poussés par la cupidité, risquent fort de commettre une imprudence.

— Où veux-tu en venir ? demande Mick.

— Simplement à ceci... Ces deux idiots vont réfléchir. Ils se diront que, puisqu'ils ont retrouvé les lingots de Jasper, ils sont tout aussi capables de retrouver les pierres précieuses. Ils reviendront donc – en prenant des précautions, bien sûr ! – rôder à nouveau autour de la cabane, et alors…

Claude fait une pause et regarde ses cousins d'un air malicieux.

— … Et alors, c'est ici que je les attends ! Nous allons surveiller le coin et, quand nos deux affreux bonshommes rappliqueront, nous nous débrouillerons pour prévenir les gendarmes et les faire pincer. D'accord ?

— D'accord ! lancent François, Mick et Annie d'une seule voix.

Quant à Dag, il pousse un « Ouah ! » tellement retentissant que Maria, dans sa cuisine, en voit ses casseroles trembler…

Ce même jour, les Cinq instaurent une surveillance très attentive de la cabane et de ses abords immédiats. C'est une besogne fastidieuse et de longue haleine. Pour s'y consacrer avec le maximum de succès, les enfants renoncent aux baignades et aux jeux de plage qu'ils aiment tant.

Chaque matin, M. et Mme Dorsel, un peu étonnés de cette nouvelle marotte des Cinq, voient ceux-ci partir « en pique-nique » pour toute la journée. Pascal, lui, a bien des soupçons, mais les enfants s'emploient à lui donner le change.

Le soir après dîner, ils s'éclipsent en cati-mini pour retourner à la cabane d'où ils reviennent, déçus, souvent tard dans la nuit… Cette garde vigilante, qui les oblige à des jeux tranquilles et peu bruyants pour occu-per leur temps, dure quatre jours. L'humeur des Cinq s'assombrit. Les cousins de Claude commencent à penser que, pour une fois, elle n'a pas eu une idée bien fameuse.

Le quatrième jour, en fin d'après-midi, un grondement de Dag alerte les enfants. Se dissimulant vivement à l'orée du petit bois, ils voient approcher ce qui, à première vue, semble être deux vagabonds en guenilles. Et puis, en regardant mieux, ils reconnaissent Octave et Fernand sous ce déguisement !

chapitre 13

Une attaque soudaine

— Ce sont eux ! murmure Claude, triomphante. J'avais raison !

— Chut ! dit François. Ils regardent de tous les côtés avec méfiance. Ce n'est pas le moment de nous trahir… Ah ! Ils pénètrent dans la cabane. Ils vont se remettre à fouiller, c'est sûr ! Profitons-en. Courons à la gendarmerie !

C'est en effet le parti le plus sage. Déjà les Cinq s'apprêtent à tourner bride quand Octave sort de la masure et entre dans le bois. Il passe à quelques mètres à peine des jeunes guetteurs blottis derrière des buissons, et disparaît parmi les arbres.

117

— Flûte ! jette Mick. Les gredins se sont séparés. Nous n'avions pas prévu cela. En alertant les gendarmes, nous risquons de n'en faire pincer qu'un seul !

— Nos projets sont à l'eau ! soupire Annie.

— Penses-tu ! proteste Claude. Nous allons imaginer un nouveau plan de campagne… et vite… En attendant, il ne faut pas perdre Octave… Dag ! À toi de jouer ! Suis cet homme là-bas… sans te faire voir… Suis… suis… et cache-toi !

Dag est vraiment un chien intelligent. Il comprend à merveille certains ordres auxquels sa maîtresse l'a habitué à obéir. Il remue la queue et, sans se faire prier, s'élance sur la piste d'Octave…

Claude chuchote à ses cousins :

— Au fond, cela nous arrange plutôt que ces bandits se soient séparés. Les circonstances nous forcent la main… en nous laissant à quatre contre ce pauvre Fernand qui ne se doute de rien.

— Tu veux dire, traduit Mick avec un large sourire, que nous pourrions lui tomber tous ensemble sur le dos et le réduire à merci ?…

— Cela me semble faisable ! opine François qui a grande confiance en ses muscles.

Les enfants sortent du bois pour s'avancer à pas de loup vers la cabane : de l'intérieur s'élève un bruit de pioche.

— Tant mieux ! dit Annie. Ce bruit couvre celui de nos pas.

Mais une mauvaise surprise attend les jeunes détectives… Par la fenêtre, ils constatent que Fernand, qui a sorti une pioche démontable de sa besace, s'escrime… face à la porte ! S'ils l'attaquent, le gredin les verra arriver, et son outil n'est pas une arme négligeable !

Cette fois, c'est François qui a une idée :

— Le toit ! Le toit crevé ! C'est un moyen d'accès comme un autre !

Déjà, Mick fait la courte échelle à Claude. Une fois sur le toit, celle-ci attache son lasso à la poutre faîtière. Ses cousins se hissent auprès d'elle à tour de rôle. Juste au-dessous d'eux, Fernand continue à piocher avec ardeur. Il siffle pour se donner du cœur à l'ouvrage et n'a rien entendu.

— Et maintenant, que faisons-nous ? chuchote Annie.

— Après tout, dit François, la hauteur n'est pas tellement grande. Nous allons nous laisser tomber tous à la fois sur Fernand. Il amortira notre chute. Espérons qu'Octave est trop loin pour l'entendre, s'il s'avise de crier !

— J'ai une meilleure idée, propose Claude. Attrapons le bonhomme au lasso ! Je crois être assez adroite pour le pêcher comme un poisson. Vous m'aiderez à le tirer !

— Bonne idée ! approuve Mick. Et si tu rates ton coup, nous serons à temps de lui choir sur le paletot tous en chœur !

Soudain, au-dessous des jeunes détectives, Fernand s'arrête de piocher. Lâchant son instrument, il se redresse et sort de sa poche un grand mouchoir à carreaux avec lequel il essuie la sueur qui lui coule sur le visage.

— C'est le moment ! souffle François. À toi, Claude ! Vise bien !

Le lasso de Claude part en sifflant. Le bandit lève la tête. Les enfants surprennent son regard ahuri quand il les aperçoit, perchés sur leur poutre. Au même instant, le nœud coulant le capture et se resserre autour de sa poitrine. En vain esquisse-t-il un geste pour se libérer.

Déjà, la corde se tend, inexorablement. Là-haut, accrochés frénétiquement à son extrémité, les quatre cousins, unissant leurs forces, tirent à eux…

Les pieds de Fernand décollent du sol. Les efforts conjugués de ses jeunes assaillants réussissent à le soulever encore de quelques centimètres.

Mais l'homme est lourd. De plus, il commence à se débattre.

— Vite ! siffle François entre ses dents. Attachons la corde à la poutre…

Un instant plus tard, le bandit se balance au bout du lasso, le corps pris dans la boucle. Plus il se débat, plus le nœud coulant se resserre.

Mick éclate de rire.

— Vous avez intérêt à ne pas trop gigoter, mon vieux ! conseille-t-il au bandit. Cette baraque n'est pas très solide. Si vous ébranlez trop fortement la poutre, elle cédera peut-être… mais vous recevrez toute la toiture sur le crâne. Alors, tenez-vous tranquille jusqu'à ce que nous revenions vous délivrer. Et inutile de crier ! Le coin est désert !

À l'aide du second lasso – celui de Mick –, les quatre cousins se hâtent de redescendre. Une fois à terre, ils se consultent rapidement.

— Qu'est-ce que vous proposez ? demande Annie aux trois autres ?

— C'est simple ! répond Mick. Toi, file à vélo alerter les gendarmes ! Tu les conduiras

121

à la cabane où ils prendront livraison du sau-
cisson original que nous avons suspendu à la
poutre...

— François, enchaîne Claude, restera ici
pour surveiller le prisonnier. Il ne faut pas
qu'il s'échappe. Pendant ce temps, Mick, tu
viendras avec moi. Nous irons retrouver Dag
et tenterons de capturer Octave !

— Pas question ! proteste François avec
force. D'abord, à vous deux, et même avec
l'aide de Dag, vous ne viendriez jamais à
bout d'Octave. Ensuite, Fernand est bel et
bien immobilisé. Il ne se sauvera pas. Enfin,
Annie ne sera peut-être pas de trop si nous
devons capturer Octave.

— Tu as raison, admet Claude qui a rapidement réfléchi. Du reste, le temps que les
gendarmes soient prévenus et qu'ils arrivent,
Octave pourrait nous glisser entre les doigts,
revenir à la cabane et délivrer son complice.

— Très bien ! acquiesce Mick. Restons
donc groupés. Mais précipitons le mouve-
ment. Sus à Octave !

Les enfants s'élancent dans la direction
prise par le bandit.

Au bout d'une centaine de mètres parcou-
rus à travers bois, Claude s'arrête et se met
à siffler à la manière d'un merle. Immobiles

à ses côtés, ses cousins attendent en silence. Rien ne se passe…

— J'espère que nous sommes sur la bonne piste ! murmure Claude. Avançons encore !

La petite troupe progresse de cinquante mètres environ, puis Claude s'arrête de nouveau pour siffler… Rien ne lui répond.

— Flûte ! dit-elle. Octave n'a pourtant pas dû s'éloigner beaucoup pour faire des fouilles. Essayons un peu plus à droite…

Cessant de s'enfoncer davantage sous le couvert, les jeunes détectives obliquent sur la droite. Après une courte marche, Claude siffle pour la troisième fois…

Quelques secondes plus tard, un léger bruit se fait entendre dans les broussailles. Puis la tête hirsute de Dag paraît. Le chien bondit sur sa petite maîtresse et la débarbouille d'un coup de langue affectueux. Mais il n'aboie pas… Lorsque Dagobert est « en service commandé », il sait que le silence est de règle. Claude le caresse en souriant.

— Te voilà donc, mon chien ! murmure-t-elle. Je devine que tu as rempli ta mission. C'est bien ! Et maintenant, conduis-nous. Allez ! Va… va… !

chapitre 14

L'union fait la force

Dago fait immédiatement demi-tour et s'enfonce parmi les arbres. François, Mick, Annie et Claude le suivent en silence.

Le chien, qui est arrivé en courant, avance à présent d'une allure plus modérée, se retournant de temps à autre pour s'assurer que les enfants sont toujours derrière lui.

Bientôt, il s'immobilise, une patte en l'air et les oreilles dressées. Au même instant, les quatre cousins entendent le bruit d'un outil creusant le sol.

Allongeant le cou, les enfants aperçoivent celui qu'ils cherchent… Octave est là, torse nu, maniant de ses bras vigoureux une grosse pioche dont le fer fait voler la terre dure.

L'endroit où il est en train de creuser, à l'ombre d'un grand chêne, se trouve à peu de distance de celui où les jeunes détectives ont découvert la cantine aux lingots.

— Je me demande, murmure Annie, pourquoi il creuse sous cet arbre plutôt que sous un autre.

— À mon avis, il fouille un peu au hasard, répond Mick. Il doit chercher ici et là.

— Chut donc ! recommande François. Vous parlez trop !

Claude s'écarte de quelques mètres et fait signe à ses cousins et à Dag de la suivre.

— Il faut tout de même parler, déclare-t-elle, pour décider ensemble d'un plan d'action. Discutons-en à voix basse. D'ici, je ne pense pas qu'Octave puisse nous entendre.

— Très bien ! dit François. Mais en fait de plan d'action, qu'as-tu à proposer ? Moi, je ne vois rien d'autre qu'une attaque soudaine et massive de nous tous !

— C'est ce que nous avions pensé tenter au début, avec Fernand ! rappelle Mick. Mais Octave est plus costaud que son copain. Tu as vu ses muscles ? Je ne l'aurais pas cru aussi fort !

— Écoutez ! lance Claude. Pourquoi ne l'attraperions-nous pas au lasso, comme nous avons fait pour Fernand ?

François regarde sa cousine d'un air un peu moqueur.

— Pour la bonne raison, répond-il, que nous n'avons pas ici de toit et de poutre à notre disposition !

— En effet, admet Claude sans se démonter. Nous n'avons pas de poutre mais nous avons presque mieux…

Et, le doigt pointé vers l'arbre sous lequel peine Octave, elle précise :

— Les branches de ce chêne feront parfaitement l'affaire !

— Tu es folle ! réplique François. Pour monter là-haut, il faudrait approcher Octave de tout près !

— Pas forcément ! Nous allons d'abord grimper à cet arbre, à deux pas de nous. Puis, de là, nous passerons à l'arbre suivant, et ainsi de suite, jusqu'au chêne d'Octave.

— Un numéro de haute voltige. Impossible, voyons !

— Pas du tout, François ! Tous ces arbres sont des chênes. Leurs branches sont solides. Elles ne casseront pas sous notre poids. En outre, elles s'enchevêtrent d'un arbre à l'autre tant les troncs sont pressés. Aucun de nous n'a le vertige. Ce chemin aérien est aussi sûr qu'un autre.

— Mais comment grimper ? questionne François, encore hésitant. La plus basse branche de ce chêne-ci est bien trop haute pour nous...

— Tu oublies le lasso de Mick... !

Enthousiasmé par l'idée de sa cousine, Mick lance fort adroitement son lasso. Claude et lui grimpent à l'arbre. François, Annie et Dag ne les suivent pas mais restent prêts à se précipiter à la rescousse quand Octave sera pris au lasso.

Le numéro de voltige des deux cousins commence... Il n'est pas sans danger ! Mais, lestes et adroits, les jeunes acrobates passent d'une branche à l'autre, puis d'un arbre au suivant, sans trop de difficulté.

Annie retient son souffle. Bientôt, Claude et Mick, cachés par le feuillage, disparaissent à ses yeux.

— Rapprochons-nous un peu ! chuchote François. Plus nous serons près d'Octave, plus vite nous pourrons intervenir.

Le frère et la sœur, suivis de Dag, ne sont plus qu'à quelques mètres du bandit quand le pire se produit...

Mick, arrivé juste au-dessus d'Octave, s'apprête à lancer son lasso quand, brusquement, son pied glisse de la branche sur laquelle il prend appui...

128

Laissant échapper un cri de détresse, le jeune garçon dégringole la tête la première.

D'autres cris font écho au sien : ceux de Claude, toujours perchée sur l'arbre, ceux de François et d'Annie, terrifiés, derrière un buisson, ceux d'Octave enfin… qui reçoit Mick en plein sur le dos ! Le bandit et l'enfant roulent sur le sol.

Le plan des Cinq a échoué ! Tout est-il perdu ?… Pas encore !

Comprenant qu'il faut profiter de l'effet de surprise, Claude se laisse tomber à son tour. Elle atterrit sur les épaules d'Octave qui vient tout juste de se relever. Déjà François et Annie accourent pour lui prêter main-forte. Dag pousse un aboiement qui vaut un cri de guerre et plante ses crocs dans le mollet du bandit. Mick, que sa chute n'a étourdi que l'espace d'une seconde, saute à son tour sur Octave.

Mais l'homme est fort. Il s'ébroue avec vigueur, écarte les enfants de quelques solides bourrades et se baisse pour ramasser sa pioche qui, entre ses mains, deviendra une arme terrible.

Dag ne lui en laisse pas le temps ! Juste comme Octave se penche en lui tournant le dos, le chien bondit et, attrapant entre ses crocs le haut du pantalon de l'homme, il tire de toutes ses forces… Octave ne porte pas de ceinture. Sous l'attaque de Dagobert, les boutons retenant le pantalon sautent… et le vêtement glisse jusqu'aux chevilles du bandit, révélant un caleçon court, couleur rose bonbon.

Annie en oublie du coup le tragique de la situation et éclate de rire. Machinalement, Octave interrompt son geste de ramasser la pioche pour remonter prestement son pantalon. Il jette un regard de détresse aux enfants. La vue de ce grand gaillard désemparé est du plus haut comique.

Mettant à profit le désarroi momentané du bandit, Claude s'empare vivement de la pioche. Dag, fier de sa victoire, repart à l'attaque. Maintenant, Octave ne sait plus où donner de la tête. D'une main, il retient son pantalon, de l'autre il tente de repousser les assauts du chien.

Claude le menace de la pioche. Mick, François et Annie se sont armés de grosses branches et affichent, eux aussi, une attitude menaçante.

— Je crois, dit enfin Claude, que vous feriez mieux de renoncer. Laissez-vous ficeler gentiment ou j'ordonne à mon chien de vous réduire en charpie.

Comme elle brandit par ailleurs la pioche d'un air décidé, Octave juge la partie perdue et se soumet. Les garçons le ficellent en un clin d'œil avec le lasso de Mick…

Ce soir-là, les gendarmes de Kernach en croient à peine leurs yeux quand les Cinq, triomphants et poussant devant eux deux bandits ligotés, leur remettent en grande pompe les prisonniers. Pressés de questions, ceux-ci révèlent l'endroit où ils ont caché les lingots : une grange abandonnée en pleine campagne…

La nuit commence à tomber quand François, Mick, Annie, Claude et Dag se présentent à *La Folie*.

— Encore vous ! s'exclame Germaine.

— Oui, mais cette fois nous apportons de bonnes nouvelles ! répond Mick.

Et tout haut, il appelle :

— Pascal ! Pascal ! Viens vite !

Pascal, appuyé sur une canne, descend l'escalier aussi rapidement qu'il le peut. Claude lui annonce l'heureux dénouement de l'enquête des Cinq. Les yeux du jeune Canadien s'embuent.

— Je savais bien que vous étiez les meilleurs ! murmure-t-il.

Les quatre cousins se croient obligés de prendre un air modeste mais Dago lance un « Ouah ! » équivalant à un solide « Oui » !

*Q*uel nouveau mystère
le *C*lub des *C*inq
devra-t-il résoudre ?

Pour le savoir,
regarde vite la page suivante !

● ● ● ● ● ● ● ● ● ● ● ● ● ● ●

Claude, Dagobert et les autres sont prêts à mener l'enquête

Dans le prochain tome de la série :
Les Cinq et le rubis d'Akbar

Les Cinq passent les vacances en Inde mais, depuis leur arrivée, ils se savent épiés. Un homme malveillant cherche à s'emparer du fameux rubis d'Akbar dont leur hôte, M. Singh, est le détenteur...

Regarde la page suivante pour découvrir un extrait de cette nouvelle aventure !

chapitre 1

La ville des maharadjahs

Les salons de l'hôtel Ashoka, à Delhi, grouillent d'une foule de voyageurs, étrangers pour la plupart. C'est après le repas du soir. Claude et ses cousins se tiennent près des fenêtres ouvertes. Il fait bon respirer les senteurs de la nuit.

— Quelles magnifiques vacances ! s'écrie Claude Dorsel, enthousiaste. Si l'on nous avait dit que nous irions si loin, ce printemps !…

Ses trois cousins Gauthier approuvent.

— C'est grâce à oncle Henri, déclare Annie.

— Nous avons de la chance, remarque Mick, que son congrès scientifique dure quinze jours et que les organisateurs aient obtenu des prix aussi exceptionnels.

— N'empêche qu'oncle Henri aurait très bien pu se rendre en Inde sans nous, réplique François.

— Oui, dit Claude. Papa s'est montré rudement chic. Il m'a même permis d'emmener Dag !

Dans un élan affectueux, la mince fille brune, aux allures un peu garçonnières, serra contre elle la tête hirsute de son chien, Dagobert, un adorable corniaud aux yeux intelligents et d'une fidélité à toute épreuve.

M. et Mme Dorsel s'approchèrent des enfants.

— Il est temps d'aller nous coucher, dit la maman de Claude. Nous sommes tous un peu fatigués par le voyage et la visite rapide de New Delhi. N'oubliez pas que, demain, nous nous envolons pour Jaïpur dès la première heure.

— Tante Cécile ! demande Mick. Jaïpur, c'est bien la capitale du Rajasthan ?

— Parfaitement. La capitale du pays des radjahs.

— Des radjahs et des maharadjahs ! précise M. Dorsel. Jusqu'en 1947, ceux-ci furent des princes fabuleux et richissimes, ayant droit de vie et de mort dans leurs États. Aujourd'hui, ils n'ont plus leur immense pouvoir de jadis, et leur fortune n'est plus ce qu'elle était. La plupart doivent gagner leur vie, comme n'importe quel autre citoyen.

— Est-il vrai, demande François à son tour, que beaucoup de ces maharadjahs ont transformé leurs palais en hôtels de luxe ?

— Mais oui ! À Jaïpur, nous serions nous-mêmes descendus au *Rambagh Palace*, une ancienne résidence du maharadjah, si mon ami M. Singh n'avait insisté pour nous loger chez lui.

Tout en parlant, Claude, ses parents et ses cousins longent les sonores couloirs de marbre conduisant à leurs chambres. Très vite, chacun se retire chez soi. Annie, qui partage une chambre avec sa cousine, lui pose quelques questions avant de s'endormir.

— Claude ! Ce M. Singh... qui est-ce au juste ?

— Un archéologue, ami de papa. Il paraît qu'il est très riche, qu'il habite une maison immense où il reçoit beaucoup de monde. Il parle français. Il a une femme, deux filles, un fils, trente-deux dents, deux yeux, une bouche... (Annie se met à rire)... et moi,

je tombe de sommeil. Bonsoir, ma vieille !
Bonsoir, Dagobert !

Là-dessus, Claude s'endort d'un coup.
Annie ne tarde pas à la rejoindre au pays des
rêves. Les garçons, dans la chambre voisine,
dorment déjà. Tous ne font qu'un somme
jusqu'à l'aube…

Le vol Delhi-Jaïpur du lendemain se fait
sans histoire, à cela près que Claude, sépa-
rée de Dag pour la durée du voyage, se
demande s'il est aussi confortablement ins-
tallé que dans un gros avion. Heureusement
que le trajet est court !

À l'arrivée, les voyageurs voient venir à leur
rencontre un grand garçon mince, d'environ dix-huit ans, aux yeux noirs très doux.
Un sourire égaie son visage brun.

— La famille Dorsel, je suppose ?
demande-t-il en français. Je suis Shiv, le fils
de M. Singh. Mon père m'a chargé de venir
au-devant de vous pour vous conduire à la
maison.

— C'est très aimable de sa part et de la
vôtre, dit M. Dorsel en lui serrant la main.
Voici ma femme, ma fille et mes neveux.

Claude fait un clin d'œil à ses cousins. Tous
quatre s'écrient alors en chœur :

— *Namastey ! Namastey, Shiv !*

Le garçon paraît ravi et se met à rire.

— *Namastey !* Salut ! répond-il. Je vois que vous savez déjà dire bonjour en hindi. Bonjour, Claude, François, Mick et Annie !

— Ouah ! fait Dag, voyant qu'on l'oublie.

Shiv comprend le reproche et serre la patte que le chien lui tend. Puis, gaiement, tout le monde grimpe dans la grosse voiture de M. Singh.

— Mes parents vous attendent, explique Shiv. Je vais donc vous conduire directement à la maison. Mais, plus tard, si vous voulez, je vous piloterai pour visiter la ville.

— C'est une chance pour les enfants que vous soyez là ! dit Mme Dorsel en souriant. Mais attention…

— Oui, attention ! répète son mari. Je crains qu'ils ne s'accrochent à vous comme des sangsues. Prenez garde !

— Oh, papa ! proteste Claude. Des sangsues ! Nous !

— J'adore les sangsues, affirme Shiv avec entrain. Chez nous, d'ailleurs, tous les animaux sont sacrés.

Et il éclate de rire. François et Mick échangent un coup d'œil. Le jeune Indien leur plaît. Avec lui, sûr qu'on ne va pas s'ennuyer ! Les vacances commencent bien.

Shiv, désireux d'éviter les encombrements, contourne la ville pour regagner la maison paternelle.

— Vous verrez Jaïpur en détail plus tard, dit-il aux enfants déçus. Pour l'instant, il s'agit de vous installer et de prendre vos aises...

L'accueil de la famille Singh est celui auquel l'on pouvait s'attendre : cordial et souriant. M. Singh est un Indien de haute stature, vêtu à l'indienne. Sa femme porte un sari brodé d'or. Leurs deux petites filles, presque encore des bébés, sont douces et timides. Durga, le serviteur principal de la famille, se révèle habile à prévenir les désirs des invités. Il offre des boissons fraîches, du thé brûlant, des cigarettes parfumées... Ce grand homme enturbanné se déplace dans la maison sans faire plus de bruit qu'un chat.

Maîtres et domestiques s'ingénient si bien à mettre les Français à l'aise que, avant la fin de la journée, Claude, ses cousins... et Dag se sentent chez les Singh comme chez eux !

chapitre 2

Une étrange pierre rouge

Dès le lendemain, la vie s'organise. Laissant les adultes à leurs occupations, Shiv – qui est en vacances – entreprend de faire visiter Jaïpur à ses jeunes amis.

— Pour commencer, leur dit-il, je vais vous montrer le Palais des Vents. C'est au cœur même de la ville. Venez !

Les Cinq – car Dag est, bien entendu, de la promenade – partent à pied (et à pattes !) en compagnie de Shiv. Chemin faisant, ils ouvrent de grands yeux. Tout ce qu'ils voient intéresse Claude et ses cousins.

— Quelles belles avenues ! constate François, admiratif. Comme elles sont larges, bien ombragées !

— Et quelle animation ! ajoute Mick.

— La rue est un spectacle à elle seule, dit Claude. Les boutiques qui la bordent… Ces hommes en turban ! Ces femmes en saris colorés !

— Je n'en crois pas mes yeux, murmure Annie. On croise des chevaux, des dromadaires attelés… même des éléphants !

— Et les vaches circulent librement parmi la population, fait remarquer Shiv. Chez nous, cet animal est considéré comme sacré : il est à la fois symbole de force et de douceur.

Un petit marchand d'oranges, vêtu de guenilles, vient proposer ses fruits aux promeneurs. Shiv lui en achète quelques-uns avant de poursuivre sa route.

Le Hawa Mahal, ou Palais des Vents, but de la sortie, arrache des cris d'admiration aux quatre cousins. En grès rouge et comportant cinq étages, c'est une extraordinaire construction, percée d'innombrables fenêtres et très décorée.

— Il ne s'agit pas d'un véritable palais, explique Shiv, mais d'une simple façade derrière laquelle les femmes du maharadjah se postaient pour voir, sans être vues, les fêtes se déroulant dans la rue.

François, Mick et Annie, immobiles devant l'étrange bâtisse, écoutent, le nez en l'air, leur guide bénévole. Claude en ferait autant mais un grondement de Dag lui détourne l'attention.

— Chut, Dag ! murmure-t-elle. Écoute Shiv !

Loin d'obéir, le chien gronde plus fort.

Claude se retourne. Elle aperçoit alors, de dos, s'éloignant vivement à travers la foule, un homme qu'elle a déjà remarqué. Il porte un turban orange vif, qui jure avec sa chemise rose et son étroit pantalon safran.

« Tiens ! se dit-elle. Il me semble avoir vu cet individu quand nous sommes sortis de chez les Singh, puis au moins deux fois au cours de la promenade. Et, tout à l'heure, il s'est arrêté en même temps que nous près du petit marchand d'oranges. »

Au fond, qu'y a-t-il d'étonnant à cela ? N'est-il pas naturel qu'un badaud indien se soit attaché aux pas de visiteurs étrangers ? Simple réflexe de curiosité, sans doute !

« La seule chose surprenante, songe-t-elle, c'est que Dag ait grogné. D'habitude, il ne manifeste pas son hostilité sans bonne raison. »

L'homme, cependant, a disparu. Claude cesse de penser à lui… Après avoir fait admirer le Palais des Vents à ses amis, Shiv les guide jusqu'au parasol multicolore d'un marchand de glaces.

— Choisissez votre parfum. C'est moi qui régale, dit-il.

De même qu'il l'a fait pour payer le petit vendeur d'oranges, le jeune Indien plonge la main dans sa poche pour y prendre quelque monnaie. Mais, au lieu de piécettes blanches, Mick et Annie, qui se trouvent tout près de lui, le voient retirer entre ses doigts une pierre rouge, grosse comme un cœur de pigeon… et précisément en forme de cœur. Un morceau de verre taillé, apparemment.

François, lui, note la pâleur qui cendre brusquement le teint sombre de Shiv.

— Shiv ! Qu'y a-t-il ? s'écrie François, alarmé. Tu ne te sens pas bien ?

Les yeux fixés sur le cœur de verre, Shiv répond d'une voix blanche :

— Non !… Si !… Je veux dire… ce n'est rien… !

Et, avec un petit rire sans joie, il jette loin de lui la pierre et entreprend de régler le marchand de glaces.

Mais, à partir de cet instant, les enfants se rendent parfaitement compte que Shiv a perdu sa gaieté et son enthousiasme habituels.

Retrouve toutes les aventures du Club des Cinq en Bibliothèque Rose !

1. Le Club des Cinq et le trésor de l'île

2. Le Club des Cinq et le passage secret

3. Le Club des Cinq contre-attaque

4. Le Club des Cinq en vacances

5. Le Club des Cinq en péril

6. Le Club des Cinq et le cirque de l'Étoile

7. Le Club des Cinq en randonnée

8. Le Club des Cinq pris au piège

9. Le Club des Cinq aux sports d'hiver

10. Le Club des Cinq va camper

11. Le Club des Cinq au bord de la mer

12. Le Club des Cinq et le château de Mauclerc

13. Le Club des Cinq joue et gagne

14. La locomotive du Club des Cinq

15. Enlèvement au Club des Cinq

16. Le Club des Cinq
et la maison hantée

17. Le Club des Cinq
et les papillons

18. Le Club des Cinq et
le coffre aux merveilles

19. La boussole
du Club des Cinq

20. Le Club des Cinq et
le secret du vieux puits

21. Le Club des Cinq
en embuscade

22. Les Cinq sont
les plus forts

23. Les Cinq au cap
des Tempêtes

24. Les Cinq mènent
l'enquête

25. Les Cinq à la
télévision

26. Les Cinq et les
pirates du ciel

27. Les Cinq contre
le Masque Noir

28. Les Cinq et
le Galion d'or

29. Les Cinq et
la statue inca

30. Les Cinq se
mettent en quatre

31. Les Cinq et la fortune
des Saint-Maur

32. Les Cinq
et le rayon Z

33. Les Cinq vendent
la peau de l'ours

Découvre les autres Classiques de la Bibliothèque Rose !

Fantômette

Les exploits de Fantômette

Fantômette et
le trésor du pharaon

Fantômette
et l'île de la sorcière

Fantômette et son prince

Les sept Fantômettes

Le Clan des Sept

Le Clan des Sept va au cirque

Le Clan des Sept à la
Grange-aux-Loups

Le Clan des Sept et les
bonshommes de neige

Le Clan des Sept
et le mystère de la caverne

Le Clan des Sept
à la rescousse

Malory **S**chool

La rentrée

La tempête

Un pur-sang en danger

La fête secrète

L'Étalon Noir

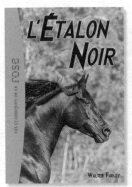

1. L'Étalon Noir

2. Le retour de l'Étalon Noir

3. Le ranch
de l'Étalon Noir

4. Le fils de
l'Étalon Noir

5. L'empreinte
de l'Étalon Noir

6. La révolte
de l'Étalon Noir

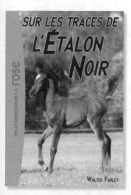

7. Sur les traces
de l'Étalon Noir

8. Le prestige de
l'Étalon Noir

9. Le secret de
l'Étalon Noir

10. Flamme, cheval sauvage

11. Flamme et les pur-sang

Les Six Compagnons

Pauvre Tidou ! Non seulement il doit déménager à Lyon, mais en plus son père lui interdit d'emmener Kafi, son chien adoré. Heureusement, dès la rentrée, il fait la connaissance des Compagnons de la Croix-Rousse, et la bande décide de l'aider ! Seulement ce n'est pas si simple, de faire venir un chien-loup en secret. Pas sans risques, non plus...

*1. Les Six Compagnons
de la Croix-Rousse*

Cet hiver, les Compagnons partent en classe de neige ! Vive les randonnées et les descentes à ski ! Mais à peine arrivés à Morzine, Tidou et ses amis font une découverte inquiétante : une fillette recroquevillée dans la neige, au pied d'un sapin. Son petit corps est immobile et glacé... Que lui est-il arrivé ? Pour les Compagnons, un seul moyen de le savoir : il faut mener l'enquête !

*2. Les Six Compagnons
et l'homme des neiges*

Les Six Compagnons passent l'été à Valence. Au cours d'une promenade dans un parc, ils font la connaissance d'un sympathique clochard. Mais dès le lendemain, une terrible rumeur envahit la ville : un enfant aurait été enlevé, en pleine nuit... et pour la police, il n'y a aucun doute : le nouvel ami des Six Compagnons est le suspect numéro un !

*3. Les Six Compagnons
et le mystère du parc*

Un accident de voiture, un homme
évanoui, et, quelques mètres plus loin,
une montre cassée... pourtant le conducteur porte
toujours la sienne. Bizarre !
Y avait-il une autre personne à bord ?
Les Six Compagnons disposent d'un seul indice :
la montre est de marque anglaise.
Et si la solution se trouvait à Londres ?
La bande n'hésite pas et saute dans le
premier avion pour l'Angleterre !

4. Les Six Compagnons
à Scotland Yard

Quand ils arrivent à Maubrac, où ils ont loué une
maison, les Compagnons ont une mauvaise surprise :
le lac a été asséché ! Mais, au fond du bassin,
ils découvrent les ruines d'un ancien village...
Que cachent ces pierres, englouties depuis tant
d'années ? Et que cherchent les rôdeurs qui s'y
aventurent la nuit ? Pour le savoir, il n'y a qu'une
solution : mener l'enquête !

5. Les Six Compagnons
au village englouti

Les Six Compagnons trouvent une bouteille sur
la plage normande. À l'intérieur, un inquiétant
appel au secours : « S.O.S Saint-Marcouf ».
Quelqu'un est en danger, sur une île au large !
Pour les Compagnons, pas d'hésitation :
contre vents et marées, ils embarquent pour
une nouvelle enquête !

6. Les Six Compagnons
et la bouteille à la mer

Table

**PAPIER À BASE DE
FIBRES CERTIFIÉES**

⊞ hachette s'engage pour
l'environnement en réduisant
l'empreinte carbone de ses livres.
Celle de cet exemplaire est de :
500 g éq. CO_2
Rendez-vous sur
www.hachette-durable.fr

Photogravure Nord Compo - Villeneuve d'Ascq

Imprimé en Roumanie par G. Canale & C. S.A.
Dépôt légal : septembre 2013
Achevé d'imprimer : octobre 2013
20.4129.8/02 – ISBN 978-2-01-204129-5
Loi n° 49956 du 16 juillet 1949
sur les publications destinées à la jeunesse